HAYMON verlag

Tiroler Vorlesebuch

Für Kinder von 6 bis 9 Jahre

Auflage:
4 3 2 1
2021 2020 2019 2018

HAYMON verlag
Innsbruck-Wien
www.haymonverlag.at

ISBN 978-3-7099-3439-5

Umschlag- und Buchgestaltung, Satz:
himmel. Studio für Design und Kommunikation,
Innsbruck / Scheffau – www.himmel.co.at

Titelillustration: Irmingard Jeserick, aus:
Frau Wolle u. Irmingard Jeserick, „Tiroler Märchen“
© Verlagsanstalt Tyrolia, Innsbruck, 2016
Illustrationen Innenteil: Quellenangaben auf S. 133

Gedruckt auf umweltfreundlichem,
chlor- und säurefrei gebleichtem Papier.

INHALT

Frau Wolle

Der Königssohn und die geheimnisvolle Katze

Einst herrschte ein weiser König über Land und Leute. Er regierte das Volk wie ein kluger, milder Vater. Mit den Jahren wurde der König älter und schwächer, bis er eines Tages merkte, dass die Krone für sein Haupt zu schwer geworden war. Deshalb wollte er sie nun an einen Nachfolger übergeben. Doch der Herrscher hatte drei Söhne, nicht nur einen.

Als die jüngeren beiden hörten, dass es der Älteste war, der bald König werden sollte, gingen sie gemeinsam zum Vater und sprachen: „Höre, unser Bruder ist nicht recht bei Verstand, gib lieber einem von uns deine Krone. Wir werden weiser herrschen, sodass wir deinem Namen Ehre machen."

Der alte Vater sorgte sich. Er fürchtete Streit und Kampf zwischen den drei Söhnen. So beschloss er, sie auf eine Probe zu stellen, und sprach: „Geht alle in die Welt hinaus. Jeder von euch soll einen Becher mit nach Hause bringen. Wer von euch mit dem schönsten heimkehrt, der soll König werden. Die anderen beiden müssen ihm dann treu gehorchen!“

Mit frohen Herzen zogen die jüngeren Brüder gemeinsam zum Schloss hinaus. Der Älteste aber grämte sich über das Misstrauen und den Neid der beiden anderen. Tief in dunkle Gedanken versunken, wanderte er ganz allein in den Wald. Da stand er mit einem Mal vor einem großen, prächtigen Schloss. Zwar glaubte der Prinz schon oft hier gewesen zu sein, diesen Palast hatte er aber nie zuvor gesehen. Tor und Türen standen weit offen, sodass der Jüngling einfach hineintrat und eine Stiege hinaufging. Nun schritt er weiter und weiter durch Gänge und Säle, über Treppen und Stufen. Alles war prachtvoll und aufs Beste geordnet, doch keine Menschenseele ließ sich blicken.

Erst als er in der obersten, hintersten Kammer angekommen war, begegnete ihm endlich ein Lebewesen. Es war eine schöne Katze. Sie saß auf ihren Hinterfüßen, schaute ihm aus unergründlichen Augen ins Gesicht und sprach mit sanfter Stimme: „Was wünschst du hier?“

Da schüttete der Prinz ihr einfach sein Herz aus, berichtete von den beiden jüngeren Brüdern, dem Vater, dem Becher, den er bringen sollte, und bat sie schließlich um Rat und Hilfe.

Illustration: Irmingard Jeserick

Die Katze nickte mit geschlossenen Augen. Dann lief sie davon. Schon nach wenigen Augenblicken kam sie zurück und legte einen Becher in die Hände des Jünglings, wie dieser noch keinen gesehen hatte. Er war aus purem leuchtenden Gold und glänzte, als ob die Sonne auf ihrem Weg über den Himmel innegehalten hätte und in die Kammer gefallen wäre. Wundersame Bilder, verziert mit funkelnden Edelsteinen, waren auf den Becher geprägt. Es gab Ritterfahrten, Hochzeiten und Jagdszenen zu sehen. Alles war so lebendig, dass der Prinz glaubte, die Pferde schnauben und die Menschen lachen zu hören. Es schien, als würde das Trinkgefäß ihm Geschichten erzählen. Doch als er sich bei der Katze bedanken wollte, war sie verschwunden.

Da drückte der Jüngling den Becher ans Herz und wanderte damit zurück nach Hause. Seine Brüder waren vor ihm angekommen. Als die beiden und der Vater den Becher des Ältesten sahen, gab es keinen Augenblick des Zweifels darüber, wer die Probe gewonnen hat.

Doch die Brüder ließen es nicht gut sein. Wieder bestürmten sie den Vater und flehten um eine zweite Probe, bis er endlich nachgab: „Wenn es sein muss, dann geht eben noch einmal hinaus. Wer das schönste und beste Schwert heimbringt, soll ohne Widerspruch der anderen von da an König sein."

Zufrieden mit diesem Spruch wanderten die beiden jüngeren wie ein Herz und eine Seele in die Welt hinaus. Der älteste Sohn aber ging geradewegs zum Schloss im Wald zurück. Die schöne Katze kam ihm diesmal schon auf der Treppe entgegen. Sie fragte wieder nach seinem Wunsch.

„Liebe Katze“, entgegnete der Königssohn, „sei doch so gut und schenke mir ein Schwert; denn wenn ich ein schöneres heimbringe als meine Brüder, so werde ich König sein und sie müssen mir dienen.“ Die Katze nickte freundlich mit dem grauen Kopf, sprang hurtig auf sanften Pfoten davon und kam bald mit einem großen, schönen Schwert zurück, das sie dem erstaunten Jüngling mit unergründlichem Blick um die Hüften gürtete.

„Kehrst du noch einmal zurück, so fasse mich nur fest an den beiden Hinterfüßen, trage mich in die Küche und schlage mich so lange an den Herd, bis du nichts mehr von mir siehst.“ Mit diesen Worten verschwand die rätselhafte Schlossherrin. Der Prinz dachte auf dem Heimweg noch lange über ihre seltsamen Worte nach.

Wieder waren die Brüder vor ihm angekommen. Wie beim ersten Mal herrschte auch diesmal kein Zweifel darüber, wessen Schwert das schönste und schärfste war. Der König sprach dem Ältesten die Krone zu. Doch die beiden Jüngeren gaben noch

Illustration: Irmingard Jeserick

immer keine Ruhe, bedrängten und bestürmten den Vater mit Worten und heißen Tränen, bis dieser einwilligte, ihnen noch eine letzte Aufgabe zu stellen: „So geht zum dritten und letzten Mal in die Welt hinaus. Wer von euch die schönste Frau nach Hause bringt, der soll mit ihr an seiner Seite herrschen."

Die beiden Brüder gingen in eine Richtung los, der älteste Prinz eilte ohne Umwege zum Schloss im Wald. Er hoffte von Herzen, dass ihm die Katze auch diesmal helfen würde. Auf dem Weg dachte er immerzu an das, was sie ihm beim letzten Mal aufgetragen hatte. Diesmal wartete die geheimnisvolle Schlossherrin schon unter dem Torbogen auf ihn.

Da nahm er allen Mut zusammen, packte die Katze wortlos an den Hinterbeinen und lief in die Küche. Dort schlug er sie mit aller Kraft auf den Herd. Wieder und wieder tat er das, bis er ganz erschöpft war und nichts mehr von ihr sehen konnte.

Da war ihm mit einem Mal, als löse sich eine Nebelwolke um ihn auf. Vor ihm stand eine Frau, so schön, wie er sie sich nicht schöner hätte träumen können. In seinen zitternden Händen hielt der Prinz den goldbestickten Saum ihres Gewandes. Erst nach einigen Atemzügen vermochte er etwas herauszubringen und fragte: „Willst du meine Braut und Königin sein und mit mir zu meinem Vater kommen?"

Die erlöste junge Frau gab ihm mit strahlendem Lächeln die Hand und willigte ein.

Inzwischen waren die beiden Brüder mit ihren Bräuten schon beim Vater angekommen. Mit klopfenden Herzen erwarteten sie den Ältesten. Als dieser mit der schönen jungen Frau an seiner Seite den Saal betrat, neigten alle ehrfürchtig die Köpfe. Der König stieg vom Thron und übergab seine Krone dem Sohn. Dann wandte er sich an die Braut und legte einen blühenden Kranz auf ihr Haar. Von diesem Tag an gab es keinen Zweifel mehr darüber, wer König und wer Königin war.

(nach Zingerle aus Meran)

Sarah Michaela Orlovský

Ich bin nicht ich

Jana setzt ihre blau geringelte Haube auf, damit ihre langen Haare verschwinden. Dann ist ihr so heiß, dass sie den Pulli ausziehen muss.

„Essen ist fertig!“, ruft Mama aus der Küche. Jana schnappt sich den grünen Spielzeugtraktor und saust los. Im Nullkommanichts sitzt sie am Esstisch. Papa teilt das Essen aus.

„Möchtest du Backerbsensuppe, Jana?“, fragt er.

„Ich bin nicht Jana, ich bin Sebastian!“, sagt Sebastijana.

Ein verwundertes Mamagesicht schaut aus der Speisekammer heraus.

„Eh – möchtest du Backerbsensuppe?“, probiert Papa es noch einmal.

„Du musst sagen ‚Möchtest du Backerbsensuppe, Sebastian?‘“, erklärt Sebastijana.

Die Papaschultern zucken gleichzeitig mit den Mamaaugenbrauen. Einmal hinauf, einmal hinunter.

„Möchtest du Backerbsensuppe, Sebastian?“, fragt Papa.

„Nein danke, ich hasse Backerbsen“, sagt Sebastijana.

„Aber Backerbsensuppe ist doch deine Lieblingssuppe, Jana!“, meint Mama erstaunt.

„Ich bin nicht Jana, ich bin Sebastian“, erklärt Sebastijana noch einmal laut und deutlich. „Und Frittatensuppe ist meine Lieblingssuppe, ich hasse Backerbsen.“

„Na, dann eben nicht“, seufzt Papa und schöpft Suppe in den Mamateller und in den Papateller.

„Aber ich setze mich gerne zu euch, während ihr esst“, meint Sebastijana höflich.

Papa und Mama wünschen sich einen guten Appetit. Papa schlürft ein bisschen. Die Suppe duftet und Sebastijana knurrt der Magen. Aber sie isst auch keine Fleckerlspeise und keinen Salat, weil Sebastian weder Faschiertes noch Gurken mag.

Mama reibt sich den Bauch, weil das Essen so gut war, und Papa muss sich den obersten Hosenknopf aufmachen. Sebastijana fährt mit dem grünen Traktor noch einmal um ihr Orangensaftglas, über das Tischbein hinunter und durch die Schiebetür hinaus in ihr Zimmer. Spielen ist sowieso besser als essen.

Im Kinderzimmer darf die blaue Giraffe abwechselnd eine Runde mit dem Traktor fahren und auf dem Schaukelpferd reiten. Gerade während eines besonders wilden Ritts ruft Mama: „Sebastian!“

Gespannt läuft Sebastijana in die Küche. In der Tür macht sie eine Vollbremsung und starrt auf den Küchentisch. Das gibt es doch gar nicht! Da steht ein Teller mit einer riesigen Eispalatschinke, umgeben von zwei Schlagobershügeln mit Schokoladensaucegipfelkreuz.

Jana liebt Eispalatschinken!

Schnell hüpft sie auf die Eckbank und hat schon die Gabel in der Hand – da fällt ihr ein, dass Sebastian Vanilleeis nicht mag. Er isst nur Erdbeereis. Und Eispalatschinken mit Erdbeereis gibt's nicht. Traurig legt Jana die Gabel weg und lässt die Schultern hängen.

Illustration: Nadine Kappacher

Mama setzt sich zu ihr an den Tisch. „Die hab ich für dich gemacht, Sebastian. Eispalatschinken sind nämlich die Lieblingsspeise von meiner kleinen Jana“, erklärt sie. Sebastijana läuft eine Träne über die Wange. Sie fühlt sich schrecklich. Schrecklich hungrig vor allem.

„Warum willst du denn nicht mehr Jana sein?“, fragt Mama und fängt die Träne mit dem Zeigefinger auf.

„Ich wäre lieber ein Bub. Für Jana gibt es gar keinen Spitznamen. Zu Sebastian kann man Sebi sagen, oder Basti, oder Wastl.“

„Und du möchtest auch einen Spitznamen?“

„Ja, aber einen schönen.“ Sebastijana schaut auf den Eispalatschinkenteller. „Nicht so einen blöden, wie ich in der Schule hab.“

„Wie nennen dich denn die anderen Kinder?“, fragt Mama.

„Die sagen Janatürlich zu mir. – Aber ich will nicht so heißen wie Joghurt aus dem Geschäft!“, schluchzt Sebastijana. Sie vergräbt das Gesicht in Mamas Armen und Mama streichelt ihr den Rücken.

„Weißt du, den Namen hab ich extra für dich ausgesucht, weil er mir so gut gefällt“, erzählt Mama. „Jana. Ich finde, das klingt so schön. – Weißt du, woher der Name kommt?“

Sebastijana schüttelt den Kopf.

„Aus Russland“, erklärt Mama. „Und dort hat er auch einen Spitznamen.“

„Wirklich?“ Sebastijana kann es gar nicht glauben. „Welchen denn?“

„Dort sagt man Janka“, sagt Mama.

Janka, das gefällt ihr. Und wer hat schon einen russischen Spitznamen? In ihrer Klasse niemand. „Kann ich ab jetzt Janka heißen?“, fragt Jana und zieht die Haube vom Kopf.

„Sicher“, meint Mama und gibt Janka ein Bussi. „Und jetzt iss deine Palatschinke, bevor das ganze Eis weggeschmolzen ist.“

Die Gabel in der einen, den Löffel in der anderen Hand schnabuliert Janka alles ratzeputz weg. Und sie bekommt sogar noch eine Extrakugel Vanilleeis.

Die Tante Hermine

Die Tante Hermine
hat so schrecklich viele Termine,
weil sie stets für alle andern
denkt und macht und schafft und tut;

... und das sind ziemlich viele:
Jeder in der ganzen Familie
verlässt sich auf Hermine,
und drum geht's ihr nicht gut!

Wie zum Beispiel Onkel Meinrad:
Der fährt immer mit dem Einrad.
Doch kann er's nicht so gut
und darum fällt er meistens um.

Hermine muss ihn stützen,
dabei kommt sie leicht ins Schwitzen,
weil sie Meinrad auf dem Einrad hält,
dass er nicht runterfällt.

Und der Vetter Klause,
der macht am liebsten Pause ...
und wenn er mit der Pause fertig ist,
rastet er sich erstmal aus.

Oder auch sein Bruder Peter,
der sagt immer: „Das mach ich später!“
Doch macht er’s jetzt und später nicht,
drum wird nie was draus!

Ihre Schwester, die Uta,
sitzt ständig vorm Computer,
wo sie spielt und surft und chattet
und mit Emil E-Mails schreibt.

Die andre Schwester, Sandy,
telefoniert mit ihrem Handy
von früh bis spät, drum hat sie auch
zum Reden keine Zeit!

Dann wäre da noch Onkel Otto:
Der spielt immer nur Lotto,
ansonsten tut er gar nichts,
denn schließlich wird er ja mal reich!

Martina und Marty,
die müssen auf jede Party.
Da feiern sie dann jede Nacht
und am Morgen sind sie bleich!

Die Tante Hermine
hat so schrecklich viele Termine,
weil sie die einzige der Familie ist,
die macht und schafft und tut.

Illustration: Hubert Flattinger

Sie ist immer nur am Schuften,
und wenn die Anderen sich verduften,
zerfranst Hermine sich für sie,
und das ist nicht gut!

Kochen, putzen, Wäsche machen,
über Onkel Willis Witze lachen,
Brote schmieren, Kuchen backen,
für die Kinder Rucksack packen.

Dem kranken Klaus die Zeit vertreiben,
zwischendurch Gedichte schreiben,
Rollen wechseln, Birnen tauschen,
danach noch schnell zum Bäcker rauschen.

Mit Lottoschein das Brot belegen,
Rosinen auf die Briefe kleben,
Butter auf die Katze schmieren,
mit Schokoguss das Klo verzieren.

Auf Meinrads Glatze Runden drehen,
mit dem Einrad Gassi gehen:
Weiß nicht mehr, was wohin gehört,
Hermine macht alles verkehrt!
So viele Termine von früh bis spät,
jetzt ist Hermine durchgedreht!

Die Familie sitzt zu Hause
und Meinrad sagt zu Klause:
„Hermine wird wohl langsam alt,
oder sie ist durchgeknallt?

Wer soll jetzt bei uns putzen?
Wer flickt uns unsre Stutzen?
Wenn nicht bald etwas passiert,
dann sind wir ruiniert!“

Da sagt Meinrad zu Klause:
„Weißt du was? Wir bringen Hermine zum Doktor!“
„Gute Idee!“
„Guten Tag, Herr Doktor!

Das ist unsre Hermine,
sie braucht ’ne Medizin, äh,
könnten Sie mal bitte nachschaun,
wie man sie repariert?

Sie tickt nicht mehr ganz richtig,
für uns wär’s aber wichtig,
weil ohne Tante Hermine
bei uns nichts funktioniert.

Und das wird immer schlimmer ..."
„Gehn Sie mal aus dem Zimmer!
Hermine –
Sie sehen ja furchtbar aus!

Ihre Haut wird immer gelber –
denken Sie doch auch mal an sich selber:
Machen Sie doch einfach, was Ihnen Spaß macht,
und spannen Sie einmal aus!"

Die Familie kommt nach Hause,
Otto, Meinrad, Peter, Klause:
„Hoffentlich hat der Onkel Doktor
Hermine repariert!"

Da liegt auf der Waschmaschine
ein Brief von Tante Hermine
und drauf steht:

„Liebe Familie!
Bitte nehmt es mir nicht übel, aber der Doktor hat gesagt,
ich soll einmal an mich selber denken – ich mach Urlaub!

... Ich mach mich auf die Beine,
macht doch euren Kram alleine!
Ich tu jetzt endlich, was mir Spaß macht,
und das finde ich gut!"

Die Tante Hermine
hat jetzt keine Termine:
Sie kauft sich eine Mandoline
und einen neuen Hut.

Sie nimmt die Frühmaschine
und fliegt zu ihrer Cousine.
Dort essen sie dann Apfelsine,
spielen Mandoline –

und das ist gut!

Illustration: Hubert Flattinger

Christine Rettl

Die Trauerweide und die Amsel

Die Begegnung im Park

In einem gepflegten Schlosspark beobachtete ich den ganzen Sommer über einen seltsamen alten Mann mit schlohweißem Haar.

Jeden Nachmittag zur selben Zeit kam er den Kiesweg herauf und besuchte die Trauerweide am Ufer des Seerosenteiches. Sie war hoch und schlank und neigte sich tief zum dunklen Wasser. Wenn der Wind die Oberfläche des Teichs kräuselte, berührte sie sanft, fast zärtlich die kleinen Wellen.

Der alte Mann teilte die herabhängenden Weidenzweige, schritt hindurch und redete.

Er ist einsam, dachte ich. Er spricht mit sich selbst.

Aber sehr bald wurde mir klar, dass er zur Trauerweide sprach. Denn er sah beim Sprechen zur Baumkrone empor, umarmte den Stamm oder er streichelte die herabhängenden Zweige. Und einmal meinte ich sogar ihn weinen zu hören.

Kurze Zeit später kam eine Amsel geflogen, setzte sich auf einen der gebogenen Weidenzweige und begann zu singen.

Sie sang so schön, dass jeder, der sie hörte, stehen blieb und lauschte.

Auch der alte Mann verstummte und blickte hinauf zum Vogel. Dann trat er unter den Zweigen hervor, nahm Rosinen aus seiner Hosentasche und hielt sie in seiner geöffneten Hand nach oben.

Und das Unglaubliche geschah.

Die Amsel kam auf die Hand, nahm eine Rosine nach der anderen behutsam auf und verzehrte sie.

Danach setzte sie sich dem alten Mann auf die Schulter, rieb ihren Schnabel an seiner Wange und flog über den Teich davon.

Dies alles wiederholte sich Tag für Tag, bei jedem Wetter.

Ich saß auf meiner Lieblingsbank am Teich, keine zehn Schritte von der Trauerweide entfernt. Bei Regen stand ich unter dem schützenden Blätterdach eines alten Kastanienbaumes.

Der alte Mann kam pünktlich jeden Nachmittag.

Er sprach zum Baum, lauschte dem Gesang der Amsel und reichte ihr eine Hand voll Rosinen. Dann ging er, ohne mich auch nur ein einziges Mal anzu-

Illustration: Monika Laimgruber

sehen. Als gäbe es für ihn nur die Trauerweide und den Vogel.

Sobald er gegangen war, sprang ich auf, lief zur Trauerweide und untersuchte sie – von den Wurzeln hinauf zu den Astbiegungen und abwärts zu den Zweigspitzen.

Ich suchte gespannt nach irgendeinem Hinweis, nach einem Zeichen, um hinter das Geheimnis zu kommen. Aber ich fand nichts, nicht die allerkleinste Spur.

Schließlich fasste ich den Entschluss, den alten Mann anzusprechen und ihn zu fragen.

An einem sonnigen Spätsommertag folgte ich ihm den Kiesweg entlang und sah ihn gerade noch in ein kleines Haus am Waldrand verschwinden. Ich lief hin.

Eine Weile blieb ich stehen und überlegte, was ich sagen sollte.

„Guten Tag! Entschuldigen Sie bitte ..."

Egal. Ich läutete.

Seltsam, er schien mich schon erwartet zu haben, denn er begrüßte mich wie eine alte Bekannte und bat mich herein.

„Bitte setzen Sie sich", sagte er freundlich.

Ich sah mich vorsichtig um.

Das Haus war hübsch eingerichtet und wirkte sauber und gepflegt.

In einer Ecke stand ein altes hölzernes Schaukelpferd mit einer Mähne aus echtem Rosshaar.

Auf einer Kommode mit unzähligen kleinen Laden fiel mir ein Vogelkäfig auf. Darin saß ein kunstvoll gefertigter Vogel mit schwarzen Federn und einem gelben Schnabel – eine Amsel.

Ich setzte mich auf ein blaues Sofa mit kleinen Sternen und der alte Mann bot mir Tee an.

Der Tisch war schön gedeckt mit einer weißen Damasttischdecke, einem kostbaren Teeservice, silbernen Löffelchen, feinen Stoffservietten und einer Kristallglasschüssel, gefüllt mit erlesenem Teegebäck.

Antike Möbel, Gemälde, altes Spielzeug und Perserteppiche, das alles sah sehr wertvoll aus und passte gar nicht in dieses einfache kleine Haus.

Der Tee in der Kanne dampfte. Der alte Mann musste längst alles für meinen Besuch vorbereitet haben.

Aber wann und warum? Er war doch eben erst nach Hause gekommen und kannte mich gar nicht.

Woher wusste er, dass ich ihm folgen würde?

Und was hatte er jetzt mit mir vor?

„Ich weiß, warum Sie hier sind“, begann er und setzte sich auf einen einfachen Holzstuhl gegenüber. Und dann erzählte er mir, ohne dass ich ihn darum bitten musste, seine Geschichte ...

„Sie wundern sich über meine antiken Kostbarkeiten“, begann der alte Mann. „In diesem bescheidenen Haus habe ich nicht immer gelebt. Vor vielen Jahren war ich ein sehr reicher Mann. Das Schloss, das Sie vom Teich aus sehen können, befand sich in meinem Besitz. Das Schloss mit dem herrlichen Park, dazu der große Wald, die Wiesen und Hügel – weiter, als das Auge reicht. Ich besaß mehr, viel mehr, als man sich wünschen kann: eine wundervolle Frau, eine fünfzehn Jahre alte Tochter und einen fünfjährigen Sohn – beide klug und schön wie ihre Mutter, neugierig und aufgeweckt – wie alle Kinder.“

Er schenkte mir Tee ein.

„Aber all das genügte mir nicht“, fuhr er mit zitternder Stimme fort. „Ich reiste in den Orient und suchte nach etwas Besonderem, nach einem Zauberding, das mir übernatürliche Kräfte verleihen konnte.

Unter den Händlern sprach sich bald herum, was ich begehrte. Und dass ich bereit war, jede Summe dafür auszugeben. Denn damals spielte Geld keine Rolle für mich.

Eines Tages, ich hatte die Hoffnung, etwas Derartiges zu finden, beinahe aufgegeben, da zupfte mich in Bagdad ein Straßenkind am Ärmel und führte mich in einen Basar.

Hinter schweren Brokatvorhängen, im spärlichen Schein einer Öllampe saß ein Magier.

Ich zweifelte keinen Augenblick daran, dass er einer war. Er sah mich an, als könne er in meinen geheimsten Gedanken lesen.

Ich fühlte mich unbehaglich, einer unheimlichen Macht ausgeliefert, gegen die ich mich nicht wehren konnte.

So muss sich ein Insekt fühlen, wenn es einer Spinne ins Netz gegangen ist, dachte ich.

Mir standen die Haare zu Berge, als er sagte, Spinne sei er zwar keine, aber ein Mensch mit magischen Kräften. Und überdies hätte er genau das Richtige für mich, sofern ich es mit Verstand gebrauchen würde.

Er holte ein seltsames Bündel aus einem kostbar bemalten Kästchen. Als er es aufgerollt hatte, kam eine ganz gewöhnliche alte Öllampe zum Vorschein, schwarz und unansehnlich.

‚Diese unscheinbare Öllampe ist so kostbar, dass alle Reichtümer der Welt nicht ausreichen würden, sie zu bezahlen‘, herrschte er mich an. ‚Dreht man an diesem Rädchen und spricht einen Wunsch aus, wird er im selben Augenblick erfüllt, was immer es auch sei. Man kann sogar die Gestalt eines Tieres oder einer Pflanze annehmen. Nur eines ist unmöglich: erloschenes Leben zurückzuholen!‘, sagte der Magier mit hohler Stimme. ‚Was tot ist, muss tot bleiben. Und

Illustration: Monika Laimgruber

merke dir: Der Zauber wirkt nur dreimal. Nach dem dritten Mal ist die Kraft der Lampe verbraucht – für ganze siebzig Jahre!'

Ich zitterte vor Erregung. Endlich war ich am Ziel meiner Wünsche! Ich musste diese Lampe haben, was immer sie kosten mochte.

Doch wie hatte der Magier gesagt? Alle Reichtümer der Welt würden nicht ausreichen, die Wunderlampe zu bezahlen?

Was hatte ich also zu tun, um in ihren Besitz zu gelangen?

Wieder hatte der Magier in meinen Gedanken gelesen, denn er sagte:

‚Da die Lampe unbezahlbar ist, gebe ich sie dir umsonst – für ein ganzes Jahr. Verwahre sie gut und setze sie mit Vernunft ein. Gerät die Lampe in andere Hände oder gebrauchst du sie ungeschickt, dann komme ich und hole mir – deine schöne Frau!'

Ich erschrak. Das war der Augenblick, in dem ich hätte fliehen müssen.

Mein Verstand warnte mich: Hände weg von der Lampe! Sie wird dich ins Unglück stürzen!

Die Augen des Magiers glitzerten böse.

Aber ich blieb stehen und nahm die Lampe an mich. Der Wunsch, sie zu besitzen war stärker als alle Vorsicht.

‚Wenn ich ein Tiger bin‘, fragte ich. ‚Habe ich dann den Verstand des Tigers oder meinen eigenen?‘

‚Du hast deinen Menschenverstand‘, antwortete der Magier. ‚Und mit diesem wirst du denken und handeln.‘

Schon sah ich mich als prachtvollen Königstiger durch den Wald streifen. Die ausgefallensten Wünsche konnte ich mir nun erfüllen. Ich und niemand sonst.

Ich verpackte die Lampe sorgfältig, verließ Bagdad und trat die Heimreise an.

Anfangs grübelte ich darüber nach, woher der Magier von der Schönheit meiner Frau wissen konnte. Doch je weiter ich mich von Bagdad entfernte, desto sorgloser wurde ich.“

Der alte Mann schwieg.

Ich nahm etwas Teebäckerei und fragte mich, warum er mir dieses Märchen erzählte. Und was das alles mit der Trauerweide und dem Vogel zu tun haben mochte ...

Die Wunderlampe

„Groß war die Freude, als ich von der langen Reise nach Hause zurückkehrte“, erzählte der alte Mann. „Julia, meine Tochter, war inzwischen noch schöner geworden. Und Robin, mein kleiner Sohn, war wieder ein Stück gewachsen. Ich hatte prächtige Geschenke mitgebracht, aber meine Frau sagte: ‚Dass du wieder bei uns bist, ist das wertvollste Geschenk für uns.'

Da versprach ich, nie mehr allein wegzufahren.

‚Denn ich habe gefunden, wonach ich so lange gesucht hatte', sagte ich und zeigte stolz die Wunderlampe. ‚Wenn man an dem kleinen Rad dreht und einen Wunsch ausspricht, geht er augenblicklich in Erfüllung', erklärte ich. ‚Man kann sich sogar in ein Tier oder in eine Pflanze verwandeln. Aber nur dreimal wirkt der Zauber, dann ist er für siebzig Jahre erloschen.'

Ich erzählte, ich hätte die Lampe in einem Basar in Bagdad erworben. Das stimmte auch. Aber zu welchen Bedingungen, verschwieg ich natürlich.

Ich verbot den Dreien eindringlich, die Wunderlampe auch nur anzufassen.

‚Wenn sie in andere Hände gelangt als meine, geschieht ein furchtbares Unglück', warnte ich.

Dann sperrte ich das Zauberding in den hohen Wandschrank meiner Bibliothek. Den Schlüssel verwahrte ich selbst.

Sobald ich in der Bibliothek allein war, nahm ich die Lampe heraus und stellte sie auf den Tisch, ohne sie auszuprobieren. Vorerst genügte es mir vollkommen, sie zu besitzen.

Irgendwie fürchtete ich auch, verhängnisvolle Fehler zu machen. Ich sah sie an und stellte mir vor, welche herrlichen Wünsche ich mir damit erfüllen konnte. Davon zu träumen war vielleicht schöner, als den Zauber tatsächlich zu erleben.

An einem warmen Junitag kam vornehmer Besuch. Man rief mich in den blauen Salon.

Zum ersten Mal vergaß ich die Wunderlampe auf dem Tisch, ließ wohl auch die schwere Eichentür zur Bibliothek einen Spalt breit offen und eilte nach unten.

Und dann nahm das Unglück seinen Lauf!

Robin musste unbemerkt in die Bibliothek gelaufen sein. Dort hatte er die Wunderlampe an sich genommen und war damit in den Park entwischt.

Plötzlich hörte ich Julia verzweifelt rufen.

Ich stürzte hinaus und sah Julia am Ufer des Teiches hin und her laufen.

‚Er ist ein Frosch! Robin ist ein Frosch!‘, rief sie immer wieder.

‚Die Wunderlampe!, dachte ich voller Entsetzen.

‚Da ist er!‘, rief sie. ‚Nein, da!‘

Fünf Frösche hüpften am Ufer, zwei sprangen ins Wasser.

Robin war ein Frosch, aber welcher?

Julia weinte. In meinem Kopf begann sich alles zu drehen. Angst mischte sich mit Zorn.

Illustration: Monika Laimgruber

‚Gib mir die Lampe!', schrie ich sie an.

In ihrem Kummer wusste sie nicht, wo sie zuerst suchen sollte. Sie lief um den Teich herum und weinte, weinte.

‚Die Lampe!', brüllte ich, packte und schüttelte sie. ‚Warum hast du nicht auf Robin aufgepasst?', schrie ich in ohnmächtiger Wut.

Ich fand die Lampe im Gras und hob sie auf.

Der erste Wunsch vertan, ging es mir durch den Kopf.

Der zweite auch, denn damit musste ich Robin zurückzaubern.

Aber wo war er?

Die Frösche flüchteten, sobald man in ihre Nähe kam.

Als ich am Rad der Lampe drehte und meinen Wunsch aussprach, wurde Robin wieder ein Menschenkind – aber tief unten im Teich. Wertvolle Sekunden vergingen. Ich sprang ins trübe Wasser.

Ehe ich Robin aus den Schlingpflanzen befreit hatte, war er längst ertrunken.

Verzweifelt bemühte ich mich, meine Atemluft in seine Lungen zu pumpen. Vergebens.

Voll der Trauer saß ich neben meinem toten Sohn im Gras. Neben mir schluchzte Julia.

Plötzlich war sie verstummt.

Niemals werde ich vergessen, wie sie am anderen Ufer des Teiches stand, am Rad der Lampe drehte und sagte:

‚Mein Leben ist ohne Freude und ohne Sinn. Darum soll aus mir eine Trauerweide werden!'

Vor meinen Augen verwandelte sich Julia, meine einzige Tochter, da wo sie stand, in jene Trauerweide."

Der alte Mann barg sein Gesicht in den Händen und weinte.

Ich wusste nicht, wie ich ihn trösten sollte, und schwieg.

„Und die Amsel?", fragte ich nach einer Weile.

Er trocknete sein Gesicht mit einem Taschentuch und erzählte weiter:

„Kaum war das geschehen, flog die Amsel über den Teich, setzte sich auf die Trauerweide und begann zu singen. Robin, dachte ich. Das muss die Seele Robins sein."

„Und Ihre Frau? Was geschah mit Ihrer Frau?", fragte ich gespannt.

„Der vornehme Besuch war aus dem Orient gekommen." Der alte Mann stand auf und ging zum Fenster. „Ahnen Sie, wer es war?"

„Der Magier?", fragte ich.

Der alte Mann nickte.

„Er war gekommen sie zu holen", sagte er leise. „Noch bevor all die schrecklichen Dinge passierten, muss er sie durch Magie in seinen Bann gebracht und mit ihr das Haus verlassen haben. Seit jenem Tag habe ich sie nie wieder gesehen. So verlor ich mit einem Schlage alles, was mir lieb und wertvoll gewesen war ...

Ich fuhr nach Bagdad und suchte nach dem Magier und nach Konstanze – so hieß meine über alles geliebte Frau.

Ich fragte die Leute. Doch niemand hatte von den beiden je etwas gehört", erzählte der alte Mann. „Jahrelang reiste ich ruhelos umher. Dann kehrte ich nach Hause zurück. Das Schloss und alles, was ich be-

Illustration: Monika Laimgruber

saß – bis auf den Teil des Parks mit der Trauerweide und ein paar schöne Dinge, die meiner Frau und meinen Kindern gehörten –, verschenkte ich und ließ mir das kleine Haus hier bauen. Reichtum bedeutet mir nichts mehr. Was ich brauche, ist nur die Nähe meiner Trauerweide und den Besuch der Amsel."

Der alte Mann ging zur Kommode, öffnete eine Lade und holte ein seltsames Bündel aus einem kostbar bemalten Kästchen.

„Die Lampe!", rief ich aus. „Sie haben die Lampe noch?"

„Sie hing in den Zweigen der Trauerweide", sagte der alte Mann. „Zuerst wollte ich sie vernichten, weil sie mir nichts als Unglück gebracht hatte. Doch dann erinnerte ich mich daran, dass die Zauberkraft der Lampe nach siebzig Jahren wieder wirksam werden sollte. Seit dem Unglück sind fünfzig Jahre vergangen. Bis es wieder so weit ist, bin ich längst nicht mehr am Leben."

Langsam dämmerte mir, was der alte Mann von mir wollte.

Wenn die siebzig Jahre um sind, soll ich Julia zurückzaubern.

Ob sie dann steinalt sein wird – oder das junge Mädchen von einst?

Und ich hätte mit der Wunderlampe noch zwei Wünsche frei!

Jeden Tag stelle ich mir vor, was ich mir wünschen werde. Aber ich kann mich nicht entscheiden.

Der alte Mann ist vor einem Jahr gestorben. Er ruht in Frieden im Grab – neben Robin.

Ich habe sein kleines Haus geerbt und wohne jetzt darin. Ich weiß, die Spaziergänger im Schlosspark finden mich seltsam. Sie beobachten mich, wenn ich jeden Nachmittag zur gleichen Zeit die Trauerweide besuche und zu ihr rede und wenn ich die Amsel füttere – mit einer Hand voll Rosinen.

Renate Welsh

Der kleine Elefant und der Mond

Der kleine Elefant trampelte hinter den Elefantentanten durch den Urwald. Es war schon dunkel, aber das machte ihm nichts. Wenn es ringsum raschelte und knisterte, hielt er sich an einem Tantenschwanz fest. Angst hatte er nur vorm Schwimmen.

Sie kamen zum Fluss. Ein leiser Wind wehte über das Wasser.

Der kleine Elefant trank und duschte und spritzte die Elefantentanten an. Aber er passte genau auf, dass er nicht weiter als bis zu den Knien ins Wasser ging.

Plötzlich sah er hinter den Bäumen am anderen Ufer eine runde rote Scheibe am Himmel.

Das war der Mond.

Der kleine Elefant sah ihn an und fand ihn schön.

Er stand ganz still und guckte, bis sein Herz so rund und rot und voll war wie der Mond.

Der kleine Elefant streckte seinen Rüssel nach ihm aus.

Illustration: Chris Welsh

„Ich will dich haben“, trompetete er.

Aber der Mond war viel zu weit weg. Der kleine Elefant konnte ihn nicht erreichen.

Auch die größte Elefantentante mit dem längsten Rüssel hätte ihn nicht erreichen können.

Der kleine Elefant ließ den Kopf hängen.

Da sah er eine glitzernde Straße im Fluss und tief unten, am Ende der Straße lag der Mond!

Der kleine Elefant erschrak.

War der Mond ins Wasser gefallen? Und hatte er nicht einmal geplatscht?

Der kleine Elefant blickte hoch.

Der Mond stand immer noch über den dunklen Bäumen am anderen Ufer.

Es gab also zwei: einen Himmelsmond und einen Wassermond.

Der Wind wurde stärker und machte Wellen.

Der Wassermond zerrann.

„Ich hol dich raus!“, trompetete der kleine Elefant und stapfte in den Fluss.

Plötzlich riss ihm die Strömung die Beine hoch. Er konnte nicht mehr stehen. Sein Mund war voll Wasser.

Illustration: Chris Welsh

Er prustete, er strampelte, er ruderte – er schwamm!

Er tauchte seinen Rüssel tief ins Wasser, aber den Mond konnte er nicht erwischen.

Der kleine Elefant sah sich um.

Das Ufer war weit weg. Sehr weit weg.

Vor Schreck vergaß er zu schwimmen und bekam den ganzen Rüssel voll Wasser.

Da hörte er ein Plätschern neben sich.

„Seit wann kannst du schwimmen?“, fragte eine Elefantentante.

„Der Mond rinnt aus“, erklärte der kleine Elefant. „Ich wollte ihn haben.“

„Der rinnt nicht aus“, sagte die Elefantentante. „Und man kann ihn nicht haben.“

Sie stupste den kleinen Elefanten in die richtige Richtung, und sie schwammen auf der glitzernden Mondstraße zum Ufer.

Der Wassermond war genauso weit weg wie der Himmelsmond.

Man konnte ihn nicht anfassen.

Man konnte ihn nur angucken.

Die Elefantentante stieg aus dem Fluss und zog den kleinen Elefanten heraus.

Sie blies ihm mit dem Rüssel die Wassertropfen ab. Dann blies sie weiter, bis er richtig trocken war. Und dann blies sie noch ein bisschen weiter, nur so.

„Sei nicht traurig, dass du den Mond nicht hast“, sagte sie. „Dafür hast du jetzt etwas anderes. Du hast gelernt, wie man schwimmt. Und das ist für kleine Elefanten genauso wichtig wie der Mond.“

Illustration: Chris Welsh

Käthe Recheis

Der Geist, der so gern tanzte

Einmal ritt ein junger Mann auf der Suche nach Büffeln durch die weite Prärie, entdeckte aber nirgendwo eine Herde. Nicht einmal Spuren fand er. Als es Abend wurde, kam er zu einem Bach und beschloss, dort die Nacht zu verbringen. Er zündete ein Feuer an und streckte sich daneben aus.

Der Mond erhob sich am nachtdunklen Himmel. Sterne glitzerten. Es war ganz still, nicht ein Windhauch bewegte das hohe Gras. Obwohl er müde war, konnte der junge Mann nicht einschlafen, das Mondlicht hielt ihn wach.

Im Lager seiner Sippe brannten jetzt Feuer vor jedem Zelt, Geschichten wurden erzählt oder Lieder gesungen. Irgendjemand mochte die Trommel schlagen und dazu tanzen.

Der junge Mann begann zu singen, leise zuerst, dann lauter: „Heya heya Hea yo Hea yo …“

Wie er so vor sich hin sang, glaubte er ein Seufzen zu vernehmen. Es hörte sich an, als sei der Wind aufgewacht und wispere im Laub und im Gras. Und doch war kein Luftzug zu spüren.

Der junge Mann richtete sich auf und schaute um sich.

Sein Pferd war unruhig geworden, scharrte mit den Hufen, hob den Kopf und schnaubte.

Etwas kam im Ufergesträuch auf ihn zu, aber was es war, konnte er im fahlen Mondlicht nicht erkennen. Das Pferd hatte sich wieder beruhigt, trotzdem wagte er kaum zu atmen.

Das, was auf ihn zukam, nahm die Gestalt eines Menschen an und war doch kein Mensch. „So gern habe ich einst getanzt", sagte der Geist. „Sing weiter, Freund, sing weiter!"

Dem jungen Mann graute es, er brachte keinen Laut hervor.

Illustration: Veronica Bilotta

„Sing, Freund!“, bat der Geist. „Sing mir ein Lied zum Tanz!“

Da nahm der junge Mann all seinen Mut zusammen und sang: „Heya heya Hea yo Hea yo ...“

Der Geist am Bachufer tanzte.

Er tanzte und tanzte.

Der junge Mann sang.

Wenn er sich vor Müdigkeit kaum noch aufrecht halten konnte, wenn das Verlangen nach Schlaf übermächtig wurde, hörte er immer wieder die Stimme: „Sing weiter, Freund, sing weiter!“

Der Mond ging unter. Nur noch die Sterne leuchteten, dann verblassten auch sie. Der junge Mann sank erschöpft zu Boden, seine Augen schlossen sich.

Schon halb im Schlaf war ihm, als flüstere der Geist ihm zu: „Reite nach Westen, immerzu nach Westen. Dort wirst du finden, was du suchst.“

Illustration: Veronica Bilotta

Als der junge Mann erwachte, stand die Sonne hoch oben am Himmel. Im ersten Augenblick wunderte er sich, warum er so lange geschlafen hatte, dann erinnerte er sich an alles, konnte aber nicht mehr daran glauben. War da wirklich ein Geist gewesen, der tanzen hatte wollen, die ganze Nacht hindurch? Oder hatte er es nur geträumt?

Wie es auch gewesen sein mochte, der junge Mann folgte dem Rat und ritt nach Westen, immerzu nach Westen.

Gegen Mittag erblickte er von einem Hügel aus eine große Herde, Bullen, Kühe und Kälber. Büffel weidete neben Büffel, so viele waren es, dass er sie nicht zählen konnte.

Jetzt wusste der junge Mann, dass sein nächtliches Erlebnis kein Traum gewesen war, und ritt so schnell wie möglich in das Lager zurück.

Illustration: Veronica Bilotta

Die anderen jungen Männer, die wie er nach Büffeln gesucht hatten, waren erfolglos heimgekehrt. Umso größer war die Freude über seine gute Nachricht.

Am nächsten Morgen, noch vor Sonnenaufgang, waren alle im Lager bereit zum Aufbruch, die Zelte waren im Nu abgebrochen.

Es war eine fröhliche Schar, die durch die Prärie zog. Alle konnten es kaum erwarten, bis sie zu dem Hügel kamen und vor sich auf der Grasebene die große Büffelherde erblickten.

Nach der erfolgreichen Jagd ritt der junge Mann mit ein paar seiner Freunde zum Bach, wo ihm der Geist, der so gern tanzte, erschienen war. Als Dank dafür, dass er ihnen den Weg zu der Büffelherde gewiesen hatte, wollten sie für ihn die ganze Nacht lang trommeln und singen, damit er nach Herzenslust tanzen konnte.

Als sie am Bach angekommen waren und Reisig zum Feuermachen sammelten, fanden sie im Ufergesträuch das von Regen und Sonne gebleichte Skelett eines Mannes. Keiner hatte ihn begraben. Wer immer es gewesen war, er musste hier einsam und ohne Freunde gestorben sein.

Die jungen Männer sammelten die Gebeine ein und begruben sie am Fuß eines alten, mächtigen Baumes. Dann setzten sie sich ans Feuer, schlugen die Trommeln und sangen. Sie trommelten und sangen die ganze Nacht, aber der Geist, der so gern tanzte, erschien ihnen nicht.

Gras wuchs auf seinem Grab, bunte Blätter bedeckten es im Herbst. Niemals wieder hat ihn einer nachts am Bachufer erblickt.

HUBERT FLATTINGER

Serafina, das Wunderkind, oder *Kabuddel-Kabimm*

Serafina ist ein Wunderkind. Ja, wirklich! Ständig muss man sich über dieses Kind wundern! Aber nicht etwa deshalb, weil sie Dinge kann, die andere Kinder in ihrem Alter nicht können. Nein, so ein Wunderkind ist Serafina nicht. Sie könnte dir nicht sagen, wie viel vierundsiebzig mal hundertdrei weniger sieben mal zwei ist. Serafina wüsste auch nicht, wie man ein so verflixt schwieriges Wort wie „Äquator“ schreibt, ohne dass sich dabei womöglich ein falscher Buchstabe mit hinein verirrt. Und obwohl Serafina Musik über alles liebt, könnte sie dir auch nicht verraten, wie man eine Oper komponiert. Nein, auch solch ein Wunderkind ist Serafina ganz sicher nicht! Und trotzdem vergeht kaum kein Tag, an dem sich ihre Eltern nicht über sie wundern!

Zum Beispiel gestern: Da behauptete Serafina ernsthaft unsichtbar zu sein! Das war schon allerhand! Weil Papa doch genau sehen konnte, dass Serafina am Tisch saß und sich gerade Marmelade auf das Butterbrot löffelte. Aber Serafina hatte dafür gleich eine Erklärung: „Du kannst mich deshalb sehen, weil du einer von der seltenen Sorte bist, die Unsichtbare sehen können, Papa. Ja, solche Leute gibt es wirklich!"

Darauf blieb Papa gar nichts anderes übrig, als sich wieder einmal über Serafina zu wundern. Und später wunderten sich Papa und Mama, weil Serafina ihnen ohne Aufforderung half, den Geschirrspüler auszuräumen.

„Kabuddel-Kabimm!", sagt Serafina in ihrer Geheimsprache oft, was so viel heißt wie: „So ist das eben!" „So ist das eben" kann man sagen, wenn man fröhlich ist. „So ist das eben" kann man aber auch sagen, wenn man einmal traurig ist. Kabuddel-Kabimm eben. Manchmal ist man sogar beides zugleich. Traurig und fröhlich zur selben Zeit. Bei Serafina war das so: Es war im Herbst. Nur noch wenige Blätter hingen an den Ästen des Kastanienbaums. Am Himmel kreisten Raben und krächzten einander heisere Grüße zu. Serafina stapfte inmitten eines großen

Laubhaufens und ließ Blätter um sich wirbeln. „Hey!“ und „Ho!“, rief sie dabei und stellte sich vor, an Deck eines Piratenschiffs zu stehen, das auf wilden Meereswogen schaukelt.

Als Kapitän musst du durch Wind und Wetter. Auch ein wilder Sturm darf dich dann nicht schrecken. Serafina hätte der ganzen Welt gerne gezeigt, wie mutig sie sein konnte. Aber da war niemand. An diesem Tag spielte sie mit sich allein. „Hej!“ und Ho!“, rief sie wieder. Doch diesmal klang ihre Stimme fast wie die eines kleinen Mädchens. Noch einmal: „Hej!“ und „Ho!“ Oje, diesmal war die Luft ganz heraus. Sie hatte ihren Kapitänsruf nur noch vor sich hin murmeln können. Und wie traurig hatte sich ihre Stimme dabei zuletzt angehört. Furchtbar traurig sogar, fand Serafina und spürte, wie ihr ein kalter Windhauch über den Nacken fuhr. Eine ganze Weile stand sie einfach nur so da und wunderte sich, weshalb ihr so plötzlich die Lust am Spielen abhanden gekommen war. Weit oben am Himmel krächzten noch immer die Raben, doch nun hörte es sich an, als würden die schwarzen Vögel einander zurufen: „Oje, oje, oje!“ Da musste Serafina plötzlich weinen. Und wie ihr so die heißen Tränen über die Wangen liefen, begann sie sich selbst furchtbar leid zu tun. Denn außer ihr selbst war ja sonst keiner zugegen, der Mitleid mit ihr gehabt hätte und sie hätte trösten können. „Du armes Kind!", sagte Serafina laut zu sich selbst und fuhr sich mit dem Ärmel über das nasse Gesicht. „Du armes, armes Kind!" Und obwohl sie es zu sich selbst sagte, tat es gut diese Worte zu hören. Also sagte sie es wieder: „Du armes Kind!" Dabei fiel ihr ein, dass sie die Stimme ihrer Mama nachahmen könnte. „Du armes Kind!" – das klang besonders nett. Und gleich darauf versuchte sie sich mit der dunklen Stimme ihres Papas zu trösten: „Du armes Kind! Gleich ist alles wieder gut!" Aber Papas Stimme war schwer nachzumachen. So wie ihr die Worte über die Lippen kamen, hörte es sich an, als ob ein Bär im Schlaf brummen würde: „Du armes, armes Kind, du! Gleich ist alles wieder gut!"

Da kam Serafina sogar kurz ein Lachen aus. Obwohl sie doch eigentlich lieber noch ein wenig geweint hätte! Denn irgendwie fand sie es schön, so unendlich traurig sein zu können. Dann lief sie nach Hause. Ein fremder Mann wunderte sich, als Serafina fröhlich auf dem Gehsteig an ihm vorbeihopste und dabei immer wieder vor sich hin rief: „Kabuddel-Kabimm!" So ist das eben. Serafina ist ein *Wunder*kind.

Brigitte Weninger

Der Geisterschmied und die Zwerge

Kufstein / Ebbs

In der Sparchener Schlucht, nicht weit vom Eingang ins Kaisertal, erhebt sich die Sparchener Schmiedwand. Im Inneren dieses Felsens schmieden fleißige Zwerge von alters her die schönsten Waffen und Rüstungen.

Einmal nahm ein Zwerg die Gestalt eines jungen Burschen an und verlegte seine Werkstatt auf den Platz vor der Felswand. Schon bald fand er viele begeisterte Käufer für seine kunstvollen Arbeiten.

Sogar der Burgherr der Festung Kufstein beriet sich oft mit dem geschickten jungen Schmied. Auch seine Tochter fand an dem freundlichen Burschen Gefallen und hätte ihn nur allzu gern zum Mann genommen.

Aber das Herz des Schmieds gehörte schon der fröhlichen Wirtstochter von der Sparchener Schenke und so ging er auf die Winke des Burgfräuleins

Illustration: Jakob Kirchmayr

nicht ein. Die junge Frau ärgerte sich sehr über diese Zurückweisung und rief voller Zorn: „Wenn ich ihn nicht bekommen kann, soll ihn auch keine andere haben!“

In ihrem Ärger wollte sie den Burschen bei ihrem Vater verleumden und der Burgschmied, dem der junge Konkurrent zuwider war, half dabei. Gemeinsam flüsterten sie dem Kufsteiner Burgherrn zu: „Der Sparchener Schmied verkauft heimlich Waffen an unsere Feinde und verrät ihnen, wie es mit unserer Verteidigung aussieht!“

„Was sagt ihr da?“, brauste der Burgherr auf. „Ich werde diesen gemeinen Verräter sofort gefangen nehmen lassen. Wachen, zu mir!“

Als die Häscher kamen, stand der Bursche ganz ruhig am Amboss. Doch als er die Gefahr bemerkte, schlug er mit seinem Hammer an die Felswand. Ein Tor tat sich auf und seine Zwergenbrüder ließen den jungen Schmied sofort ein. Das Tor schloss sich so schnell, wie es aufgetan war und die Soldaten standen mit dummen Gesichtern vor der Felswand und mussten ohne ihren Gefangenen abziehen. Doch mitten in der Nacht öffnete sich die Felsentür wieder.

Der Schmied und seine Zwergenbrüder kamen heraus und gingen zur Sparchener Schenke hinunter. Dort weckten sie die schöne Wirtstochter, schmückten die junge Braut mit Gold und Edelsteinen und zogen als fröhlicher Hochzeitszug davon.

An der Spitze gingen der Schmied und seine Liebste, dann kamen all die Zwerge mit ihren Schmiedehämmerchen und Musikinstrumenten. Bald darauf war die ganze lustige Gesellschaft wieder verschwunden.

Als der Kufsteiner Burgherr davon hörte, ließ er in seiner Wut die ganze Werkstatt vor der Schmiedwand zerstören. Doch das störte die Arbeit im Berginneren nicht im Geringsten. Wer feine Ohren hat, kann noch heute das Hämmern und Pochen der fleißigen Zwerge hören und mitunter auch ein fröhliches Lied des glücklichen Geisterschmiedes.

Brigitte Weninger

Frau Hitt

Innsbruck / Hötting

In alter Zeit, als das Tal um Innsbruck noch von Riesen bewohnt wurde, lebte hoch oben im Gebirge die Riesenkönigin Frau Hitt. Sie herrschte über ein blühendes Reich von Feldern, Wäldern und Höfen und ihr Felsenschloss glänzte wie ein Kristall bis in die Täler herab.

Aber die Riesenkönigin war hochmütig und hartherzig und wurde von ihren Untertanen mehr gefürchtet als geliebt.

Als Frau Hitt eines Tages auf ihrem Pferd einen steilen Pfad hochritt, trat eine Bettlerin mit ihrem Kind an den Wegrand.

Die arme Frau streckte der Königin bittend die Hand entgegen: „Habt Mitleid, Herrin – schenkt mir ein Stück Brot für mein Kind!"

Da brach Frau Hitt einen Stein aus dem Fels, reichte ihn der Bettlerin und höhnte: „Da habt ihr euer Brot!"

Die Bettlerin ließ den Steinbrocken zu Boden fallen und rief voller Zorn: „Hart wie Stein ist dein Herz, Frau Hitt, und zu Stein sollst du werden!“

Die Riesenkönigin lachte nur über den Fluch, stieß die Bettlerin grob mit ihrem Ross zur Seite und ritt unbeirrt weiter empor zu ihrer Burg.

Mitgefühl, Geduld und Zärtlichkeit kannte die grausame Frau Hitt nur für ihren kleinen Sohn. Ihn verwöhnte und verhätschelte sie sehr und erlaubte ihm alles zu tun, was er wollte.

Eines Tages spielte der Junge in Begleitung eines Waldhüters im nahen Bannwald. Da entdeckte er ein besonders schönes und schlankes Tannenbäumchen und rief: „Das da will ich haben! Daraus mache ich mir ein Steckenpferd!“

Der Waldhüter aber entgegnete: „Lasst den Baum bitte stehen, junger Herr! Den Bauern ist der ganze Bannwald heilig. Er soll ihre Höfe vor den Lawinen und Muren schützen.“

Das Riesenkind aber herrschte seinen Begleiter an: „Halt den Mund! Ich bin der Sohn der Königin! Ich tue, was ich will!“

Wütend lief der Junge selbst zum Tännlein hin und wollte es mit aller Kraft knicken. Doch das biegsame Holz schlüpfte ihm durch die Hände, der Stamm schnellte zurück und schleuderte das Riesenkind ins Moor. Triefnass und über und über von schwarzem, übel riechendem Moor bedeckt, krabbelte der kleine Königssohn aus dem Sumpfloch und lief jämmerlich heulend heim zu seiner Mutter.

Frau Hitt tröstete das schluchzende Kind und befahl ihrem Diener: „Entkleide den Jungen und säubere ihn mit weichen Brotkrumen, damit seine zarte Haut nicht wund wird."

Als der Kammerdiener erschrocken die Augen aufriss und seinen Ohren nicht zu trauen glaubte, schrie Frau Hitt ihn an: „Hast du mich nicht verstanden? Hol die Brotkrumen, aber sofort!"

Kaum hatte der verängstigte Diener mit der Säuberung des Königssohns begonnen, da erschütterte ein unerhörter Donnerschlag das Riesenschloss und grelle Blitze durchschnitten die Luft. Gewaltige Stein- und Schlammlawinen wälzten sich von den Bergen herab und eine entsetzliche Finsternis fiel über das Land.

Als der Himmel wieder aufklarte, war aus dem blühenden Reich der Riesenkönigin eine öde, leere Wildnis geworden. Der Fluch der Bettlerin hatte sich erfüllt: Frau Hitt und ihr Riesensohn waren in graue Felsgestalten verwandelt, die für alle Zeit als steinernes Mahnmal auf der Nordkette über Innsbruck thronen.

BRIGITTE WENINGER

Die Riesen Haymon und Thyrsus

Innsbruck / Wilten

In uralter Zeit hauste der urwüchsige Riese Thyrsus in den Wäldern nahe Seefeld und lebte von Kräutern und Wurzeln. Eines Nachts schichtete er am Seefelder Joch glattschwarze Schiefersteine zu einer Feuerstelle. Als das Lagerfeuer allmählich verglomm, sah Thyrsus verwundert, dass die rotglühenden Steine ölige Tropfen ausschwitzten.

Ohne besondere Absicht verrieb der Riese das Öl auf seiner Hand. Am nächsten Morgen hatten sich einige böse Wunden geschlossen, die ihn schon lange plagten, und Thyrsus erkannte, dass das seltsame „Steinöl" für Mensch und Tier heilkräftig war.

Schon bald unterrichtete Thyrsus andere Waldbewohner in der Kunst des Steinölbrennens. In etlichen Orten Tirols versteht man sich noch heute darauf.

Eines Tages kam ein junger Riese namens Haymon ins Inntal gewandert. Er war sehr stolz auf seine Größe und Stärke und als er hörte, dass es in der Gegend noch einen zweiten Riesen gäbe, rief er gleich: „Der Wilde soll nur herkommen. Ich will mich mit ihm messen!“

Es dauerte nicht lange, da trafen der hochmütige Haymon und der wilde Thyrsus an einem Bach zwischen Seefeld und Zirl aufeinander. Zuerst verhöhnten sie sich nur mit Worten, aber nach kurzer Zeit schon begannen sie erbittert zu raufen. Aus der Rangelei wurde rasch ein mörderischer Zweikampf, der mit dem Tod des Riesen Thyrsus endete.

Wo sein hellrotes Blut zu Boden fiel, entstand später ein Weiler namens Dirschenbach. Dort finden sich bis heute tiefrote Steine, aus denen man jenes heilkräftige Steinöl gewinnen kann, das nach dem Riesen „Thyrsen-Öl“ benannt wird.

Als Haymon seinen gewaltigen Gegner tot am Boden liegen sah, überkam ihn tiefe Reue.

„Was habe ich nur getan?“, klagte er und überlegte Tag und Nacht, wie er für seine schlimme Tat büßen könnte. Schließlich beschloss der Riese, mit eigenen Händen eine Kirche und ein Kloster zu errichten.

Haymon suchte lange nach einem geeigneten Standort für seinen Plan und fand ihn schließlich auf einer wilden Au, wo die Sill in den Inn mündet. Der

Riese ebnete den Platz ein, fällte Bauholz, schleppte aus den umliegenden Bergen unzählige Steine herbei und schichtete sie zu festen Mauern.

Doch jede Nacht wurde sein mühevolles Tagwerk wieder zerstört. „Das kann doch nicht mit rechten Dingen zugehen!“, dachte sich der Riese Haymon und legte sich des Nachts auf die Lauer.

Gegen Mitternacht sah der Riese einen grausigen Drachen aus der Sillschlucht kriechen. Lautlos näherte er sich den neu erbauten und noch feuchten Mauern und warf sie mit gezielten Schwanzschlägen um.

Da zog Haymon sein Schwert, stürzte aus seinem Versteck und stellte sich dem Drachen entgegen. Es gelang ihm, das Untier in seine Höhle zurückzutreiben und es dort zu töten.

Zum Beweis dafür schnitt er ihm die ellenlange Zunge aus dem Schlund.

Nun konnte Haymon die Kirche in Wilten, der früheren wilden Au, endlich fertig bauen. Der einst so hochmütige und ungebärdige Riese trat selbst als erster Büßer in das Kloster ein und lebte dort bis zu seinem Tod.

Später hieß es, Haymons Gebeine wären mitsamt der Drachenzunge unter dem Hochaltar der Stiftskirche Wilten begraben worden, aber man hat sie dort nie gefunden.

Brigitte Weninger

Das Gold im Zireiner See

Rofan

Hoch oben im Herzen des Rofangebirges liegt der geheimnisvolle Zireiner See.

Um diesen stillen kleinen Bergsee, in dem sich die mächtigen Gipfel spiegeln, ranken sich viele wunderliche Geschichten. So erzählt man, sein Wasser sei so goldhaltig, dass alle Tiere, die daraus trinken, goldene Zähne bekämen. Und die Fische im See, so heißt es, trügen reinen Goldsand in ihrem Magen.

Vor langer Zeit sah ein junger Schafhirte eine eiserne Kette am Ufer, deren anderes Ende in den See hing. Als der Bursche neugierig daran zog, kamen mit einem Mal goldene Kettenglieder zum Vorschein.

„Wenn ich die kriege, bin ich für mein Lebtag reich!“, rief der Hirte. Gierig griff er nach dem Gold und ließ den eisernen Kettenteil fallen. Im nächsten

Moment aber rasselte die gesamte Kette in den See zurück und war für immer verloren.

Viele Jahre später wollte ein anderer Hirte die undichten Wände seiner Schäferhütte ausbessern. „Es ist ein Graus! Rundherum bläst der Wind durch die Ritzen!“, jammerte er einem alten Männchen vor, das gerade bei ihm rastete und um eine Schale Milch gebeten hatte.

„Am einfachsten wär's, die vielen Löcher und Spalten mit Lehm zuzuschmieren. Aber woher soll ich den nehmen?“

„Da brauchst nur da hinaufzugehen“, meinte der Alte und deutete nach oben. „Hinter dem großen Felsen da oben findest eine besonders schöne Lehmgrube. Vergelt's Gott für die gute Milch!“ Nach diesen Worten stand er auf und humpelte langsam davon.

Der Hirte wunderte sich: „Na so was! Ich bin bestimmt schon hundert Mal beim Felsen da oben gewesen und hab doch nie eine Lehmgrube bemerkt. Aber noch einmal nachschauen kann ja nicht schaden!“ Der Hirte stieg zur angegebenen Stelle und fand wirklich fette Tonerde, mit der er alle Ritzen seiner Hütte verstreichen konnte.

Aber am nächsten Morgen wunderte sich der Schafhirte allerdings noch viel mehr, denn alle ausgebesserten Mauerstellen glänzten von hellem Gold!

Da hastete der Hirte sofort auf den Berg, um noch mehr von dem kostbaren Ton zu holen, aber solange er auch suchte, die goldene Erde war und blieb für immer verschwunden.

Brigitte Weninger

Der Tauernriese und der Bär

Tauerntal

Tief drinnen im Tauerntal hauste vor langer Zeit ein Riese, der so unbändig stark war, dass die Leute noch heute von ihm erzählen. Einmal hob der Riese mit einer Hand einen Felsbrocken, den zehn andere Männer nicht von der Stelle rücken konnten. Dann warf er ihn so leicht wie einen Schneeball in den angrenzenden Wald, wo er auch heute noch im Boden steckt.

Der Tauernriese war aber ein gutmütiger Kerl, der oft zu den Bauern kam und ihnen bei der schweren Arbeit half. Bäume rodete der Riese so wie andere Leute Blumen pflücken und wenn ein Wagen im Morast feststeckte, den vier starke Ochsen nicht mehr von der Stelle bringen konnten, so lupfte der Riese das Gefährt mit leichter Hand wieder heraus.

Einmal kam der Riese zum Bauern Hieronymus Plosisker, um für ihn ein paar schwere Arbeiten zu erledigen. Auf diesem Hof rastete gerade ein Bärentreiber, der mit seinem Tier über die Tauern gewandert war.

„Ho, du bist ja fast so groß wie ich!“, sprach der Riese den Bären an. „Magst mit mir raufen?“ Als der Bär keine Antwort gab, warf ihn der Riese spaßeshalber um.

Das reizte den Bären, der sich laut brüllend wieder aufrichtete und mit erhobenen Tatzen auf den gut gelaunten Riesen losging. Der packte ihn an den Pranken und ließ ihn nicht mehr los, sodass sie sich eine Weile wie im Tanz hin- und herwiegten, während das gewaltige Tier immer wütender wurde.

Die Zuschauer hatten sich längst in einiger Entfernung in Sicherheit gebracht und sahen dem Zweikampf mit angehaltenem Atem zu. Immer wieder versuchte der Bär, den Riesen zu schlagen, aber der wehrte alle Angriffe mühelos ab. Doch als der Bär zu beißen versuchte, nahm ihn der Tauernriese von hinten in den Schwitzkasten und belehrte ihn freundlich: „Naa, naa, Freundl – beißen gilt nit!“

Nach kurzer Zeit begann der Bär zu röcheln, weil er im eisenharten Griff des Riesen keine Luft mehr bekam. Jetzt lief der Bärenführer hinzu, der zu Recht fürchtete, dass der Riese sein kostbares Tier erwürgen könnte: „Bittschön, lieber Herr – lass ihn doch aus!“

„Guat. I hab eh g’wonnen!“, lachte der Tauernriese zufrieden und gab den Hals des Bären frei.

Dem Riesen hatte das Kräftemessen mit dem Bären großen Spaß gemacht, sodass er im nächsten Jahr wieder zum selben Bauern kam und ihm schon von weitem zurief: „Griaß di, Onymus! Hast du nu dö große schwarze Katz?“

Aber der Bärenführer war natürlich schon längst weitergezogen.

Heinz Janisch

Der rostige Ritter, die Prinzessin und der Frosch

„Ich will nicht länger allein im großen Schloss wohnen. Ich will nicht länger allein im breiten Bett schlafen. Ich will nicht länger allein spazieren gehen!

Ich will einen Prinzen.

Eine echte Prinzessin braucht einen Prinzen!“

Die Prinzessin ging wütend auf und ab.

„Es muss doch irgendwo in diesem Land einen brauchbaren Prinzen geben!“, rief sie laut.

„Prinzen sind selten geworden“, sagte ihre Freundin. „Ich kenne nur drei im Land. Der eine ist soeben von einem Feind vergiftet worden. Der andere muss gerade Krieg führen. Und der dritte ist verheiratet und hat drei Kinder.“

„Ich will nicht länger allein im großen Schloss wohnen. Ich will nicht länger allein im breiten Bett schlafen. Ich will nicht länger allein spazieren gehen.

Ich will einen Prinzen!“, schrie die Prinzessin noch lauter.

„Einen Prinzen kenne ich noch“, überlegte die Freundin der Prinzessin. „Er ist sehr schüchtern. Er wohnt in einem winzigen Schloss, mitten im Wald. Das Schloss ist moosgrün, wie aus Samt, und der Prinz – so sagt man – will nichts anderes tun, als den ganzen Tag durch den Wald gehen, den Vögeln zuhören und im Teich baden.“

„Besser ein schüchterner Prinz als gar keiner“, sagte die Prinzessin, und sofort setzte sie sich hin und schrieb einen Brief.

„Lieber schüchterner Prinz! Verlass dein moosgrünes Schloss und komm zu mir.

Ich habe ein prunkvolles Schloss und will dich heiraten. Wenn du nicht kommst, dann schicke ich meine rostigen Ritter aus, damit sie dich holen.“

Die Boten ritten aus, und schon nach wenigen Stunden hatte der Prinz den Brief in der Hand.

„Hör dir das an“, sagte der Prinz zu seinem Freund, dem Frosch. „Die Prinzessin aus dem großen Schloss will mich heiraten. Das ist ja eine schöne Bescherung. Ich gehe keinen Zentimeter weg von hier. Und wenn mich die rostigen Ritter holen und zu Tode kitzeln. Ich bleibe hier!“

Als sich der Prinz nach drei Wochen noch immer nicht gemeldet hatte, schickte die wütende Prinzessin einen ihrer gefürchteten rostigen Ritter aus. Die rostigen Ritter hatten alte Rüstungen an, die bei jedem Schritt quietschten.

Der rostige Ritter näherte sich dem moosgrünen Schloss.

Schon von weitem hörte man ihn kommen.

Aber weil der rostige Ritter schon lange die Prinzessin verlassen wollte, band er den Prinzen nur zum Schein an den Baum.

Leise flüsterte er ihm ins Ohr:

„Ihr müsst so tun, als würde ich Euch fürchterlich quälen, damit man Euch schreien hört. Aber ich will Euch gar nichts tun. Ich bin froh, dass ich endlich fliehen konnte.“

Illustration: Vanessa Karré

„Ist sie denn so böse?“, fragte der Prinz erstaunt.

„Aber nein“, sagte der rostige Ritter. „Ihr ist nur langweilig.“

„Ihr könnt bei mir bleiben“, sagte der Prinz. „Ich brauche einen Gärtner. Kennt Ihr Euch mit Blumen aus?“

„Und ob“, sagte der rostige Ritter. „In meinem Helm ist schon so manches Kraut gewachsen!“

„Und was ist mit der Prinzessin?“, fragte der Frosch. „Sie tut mir leid. Sie ist einsam. Ich werde hingehen und sie heiraten, wenn Ihr es gestattet, lieber Prinz!“

„Wenn du es so willst“, sagte der Prinz. „Hier hast du meine Krone, damit siehst du wie ein Prinz aus. Viel Glück!“

Illustration: Vanessa Karré

Sie verabschiedeten sich, und der Frosch wanderte zum Schloss der Prinzessin.

Kaum hatte er das Schloss erreicht, kam auch schon die Prinzessin neugierig gelaufen.

„Oh, mein Prinz“, sagte sie freudig, als sie die Krone sah. „Wie schön du bist!“

„Sie gefallen mir auch, Prinzessin“, sagte der Frosch, und es war kein bisschen gelogen.

Schon am nächsten Tag heirateten die Prinzessin und der Frosch, und niemand wunderte sich darüber, denn der Frosch hatte ja eine Krone, und Prinzessinnen und Prinzen gehörten sowieso zu den Leuten, denen man lieber aus dem Weg ging, um nur ja nichts falsch zu machen.

Illustration: Vanessa Karré

Die Prinzessin war glücklich. Jetzt war sie nicht mehr allein. Sie hatte wieder richtigen Spaß am Leben.

Die Prinzessin und der Frosch badeten gemeinsam im großen Schlossteich.

Sie spielten im hohen Gras Verstecken. Sie saßen auf einer Bank und schauten in die Abendsonne.

Sie taten all das, was Verliebte eben so tun.

Langsam – ohne dass es jemand zu merken schien – verwandelte sich die Prinzessin in einen Frosch.

„Ich fühle mich so frei und unbeschwert", sagte die Prinzessin zu ihrem Mann, dem Frosch. „Endlich darf ich so sein, wie ich wirklich bin!"

Und dann sprang sie mit einem Satz in den schmutzigsten Tümpel,

den es im Schlosspark gab. Und der Frosch sprang hinterher, und sie hatten viel Spaß.

So ging es viele Tage. Dann übertrug die Prinzessin eines Morgens alle ihre Aufgaben ihrer Freundin und Beraterin. Sie wollte nicht mehr Prinzessin sein.

Sie verließ mit ihrem Mann das Schloss und wohnte fortan beim Teich. Ganz sicher bekamen die beiden viele Froschprinzessinnen und Froschprinzen, und einer von ihnen wurde vielleicht später der Frosch, der als Froschkönig im Märchen berühmt wurde. Sicher ist, dass die Prinzessin nun endlich ihren Prinzen hatte und dass sie beide glücklich waren.

Und der schüchterne Prinz in seinem moosgrünen Schloss und der rostige Ritter mit seinen Blumen – die waren es auch.

Und wenn sie nicht gestorben sind, dann leben sie heute noch.

Und die ganze Nacht hindurch kann man die glückliche Prinzessin und ihren glücklichen Prinzen unten am Teich quaken hören.

Illustration: Vanessa Karré

WALTRAUD EGITZ

Hannah Hexenmädchen

Hannah saß auf der Fensterbank und murmelte einen Hexenspruch vor sich hin. Aber verflixt! Egal, wie oft sie ihn wiederholte, er wirkte einfach nicht! Heute war sie nämlich mit ihrem Besen gegen eine Hausmauer geflogen. Nun war der Besenstiel abgebrochen, und der Klebstoff, mit dem Hannah ihn wieder geflickt hatte, wollte einfach nicht trocknen!

„Du bist immer so ungeduldig!“, rief der Hase Ananas.

Der Hase Ananas wohnte schon seit 142 Jahren am Dachboden dieses alten Hauses mitten in der Stadt. Vor 99 Jahren war Hannah, das Hexenmädchen, bei ihm eingezogen. Sie hatte sein ruhiges Leben auf den Kopf gestellt. Alles musste immer augenblicklich geschehen. Wehe, eine Hexenformel wirkte nicht gleich! Dann verlor Hannah sofort die Geduld und dichtete einfach selber Hexensprüche. Und oft schon war dann ein Unheil geschehen: Die Bettdecken hingen im Kamin, oder das Geschirr flog zum Dachfenster hinaus!

Auch jetzt zappelte Hannah um ihren geliebten Besen herum.

„Soll ich einen anderen Hexenspruch probieren?“, fragte sie voller Unternehmungslust.

„Du meine Güte, nein!“, rief der Hase Ananas entsetzt. Wer weiß, was dann wieder passieren würde!

Sehnsuchtsvoll blickte Hannah aus dem Fenster. Wie gerne hätte sie einen Rundflug über die Stadt gemacht. Sie seufzte.

„Schau, Ananas“, rief sie plötzlich, „unserem Straßenkehrer ist auch langweilig! Wie der langsam kehrt!“

Der Hase Ananas verspeiste das letzte Stückchen einer Ananas und sprang dann zu Hannah auf die Fensterbank. Tief unten auf dem Gehsteig vor dem Haus entdeckte er wirklich den Straßenkehrer, der bedächtig den Asphalt fegte. „Dem werde ich jetzt Beine machen“, lachte Hannah schelmisch und begann, in ihrem dicken Hexenbuch nach dem geeigneten Hexenspruch zu suchen.

Der Hase Ananas schaute Hannah zweifelnd an. „Sei kein Spielverderber, Ananas!“, rief Hannah. „Schau, ich hab schon den passenden Spruch:

Zeit hat er im Überfluss,
damit sei nun einmal Schluss,
Ziffernblatt und Glockenschlag,
kürzer werde nun sein Tag!“

Während sie mit eintöniger Stimme die Hexenformel vor sich hin murmelte, zupfte sie drei Blütenblätter vom Blumenstock, der auf der Fensterbank stand, öffnete das Fenster und ließ die Blätter langsam auf den Straßenkehrer hinunterschweben. Das gehörte mit zum Zauber. Anschließend beobachtete sie gebannt, was passieren würde. Zuerst blieb alles, wie es war. Doch halt, was geschah nun? Der Mann in oranger Arbeitskleidung sah auf die große Kirchturmuhr und machte ein ungläubiges Gesicht.

„So spät schon?“, hörte Hannah ihn rufen. „Ja, wo ist denn bloß die Zeit hingekommen?!“

Hastig rückte er seine Mütze zurecht und begann, wie wild zu kehren. Die kleinen Steinchen am Boden stoben davon. Bald war er in eine dichte Staubwolke eingehüllt. Vor lauter Eile wäre er beinahe gegen einen Laternenpfahl gelaufen. Hannah hielt sich den Bauch vor Lachen.

„Ist das ein Spaß!“, kicherte sie. „Soll ich es gleich noch einmal probieren? Schau, der Verkehrspolizist steht auch nur da, lässt sich die Sonne ins Gesicht scheinen und plaudert ein bisschen mit unserer Hausmeisterin! Oder der Taxifahrer da drüben! Unterhält sich mit seiner Kundschaft, anstatt sie zu fahren! Was meinst du, Ananas?"

„Ich gehe zum Gemüseladen und kaufe mir noch eine frische Ananas!", antwortete der Hase Ananas kopfschüttelnd und hoppelte zur Tür hinaus.

Wieder auf dem Heimweg, kam ihm die Stadt sonderbar verändert vor. Die Menschen hasteten an ihm vorbei, drängten sich in die Geschäfte, Autofahrer hatten es furchtbar eilig und hupten, und der Verkehrspolizist drehte sich im Kreis, weil er nicht mehr wusste, wem er zuerst freie Fahrt gewähren sollte. Voller böser Vorahnung sprang der Hase Ananas die Treppen hoch in seine Dachbodenwohnung. Dort sah er Hannah, die sich weit aus dem offenen Fenster beugte und begeistert auf das Treiben in der Stadt hinabblickte. Der Blumenstock auf der Fensterbank hatte kein einziges Blütenblatt mehr. Hannah hatte sie alle verbraucht.

Der Hase Ananas stupste Hannah mit der Nase und murmelte: „Komm mit, ich muss dir etwas zeigen!"

Gemeinsam spazierten die beiden durch die Straßen ihrer Stadt.

„Schau, da ist unsere Gemüsefrau! Hallo, Ilsebill!", rief Hannah. Die Gemüsefrau klaubte ein paar Äpfel aus einer Kiste vor ihrem Geschäft, winkte Hannah kurz zu und verschwand dann mit dem Obst in der Hand eilig in ihrem Laden.

„Nanu?“, wunderte sich Hannah. „Sonst hat sie doch immer Zeit zum Plaudern!“

In Hannahs Lieblingsbäckerei am Eck drängten sich ungeduldige Kunden und der Verkäufer versuchte, all ihre Wünsche gleichzeitig zu erfüllen. Er blinzelte Hannah kurz zu. Zeit, sich ein wenig mit ihr zu unterhalten, fand er keine. Hannah staunte. „Er hat auch keine Zeit für mich“ meinte sie ein wenig vorwurfsvoll. Und weil sie mitten auf dem Gehsteig einfach stehen blieb, wurde sie von einem eilenden Fußgänger angerempelt.

„Entschuldigung“, bat er, „aber mir läuft die Zeit davon!“

Hannah sah den Hasen Ananas nachdenklich an.

„So habe ich mir das nicht vorgestellt“, sagte sie, „ich wollte doch nur ein bisschen Spaß!“

„Kannst du die verlorene Zeit nicht wieder zurückhexen?“, fragte der Hase Ananas.

„Ganz gewiss!“, antwortete Hannah, und wieder zuhause, begann sie sofort aufgeregt in ihrem Hexenbuch zu blättern. „Da ist schon der passende Spruch!“

Hannah nahm ein Stück weiße Kreide, zog damit auf dem Boden einen magischen Kreis, stellte den alten Wecker von ihrem Nachtkästchen in dessen Mitte und sprach mit geschlossenen Augen:

„Alle Zeit, die du gestohlen,
komme ich mir wieder holen,
Sonnenauf- und -untergang,
Tage, werdet wieder lang!“

Zuerst geschah gar nichts. Plötzlich aber zischte und rauschte es – und durchs Fenster kamen sieben Salatköpfe auf den Tisch geflogen.

„Salat!“, rief Hannah entsetzt.

„Mmh!“, machte der Hase Ananas, „Ich hab mir schon lange wieder Salat gewünscht!“

„Du darfst nicht an Salat denken, während ich die verlorene Zeit zurückhexe“, ermahnte ihn Hannah, „ich versuche es noch einmal!“

Wieder schloss sie die Augen und murmelte den Hexenspruch. Und wieder wartete sie gespannt, was geschehen würde. Und wieder zischte und rauschte es und als sie die Augen öffnete, lag vor ihr auf dem Tisch – ein Haufen Steine! Hannah stampfte vor Enttäuschung mit dem Fuß. Dann betrachtete sie die Steine genauer. Sie lagen da in verschiedensten Farben und Formen und waren von glitzernden Silberfäden durchzogen. Hannah nahm einen von ihnen in die Hand. Er fühlte sich glatt und kühl an.

„Wie sind sie wunderschön!“ Sie überlegte. „Ich werde unserer Gemüsefrau Ilsebill einen Stein schenken!“

Die Gemüsefrau war gerade dabei, ihren Verkaufsstand zu reinigen.

„Ich hab's furchtbar eilig!", rief sie, als sie Hannah und den Hasen Ananas auf sich zukommen sah.

Hannah hielt ihr den glänzenden Stein entgegen. „Für dich", sagte sie. Ilsebill nahm das Geschenk und wollte es schnell in ihre Schürzentasche gleiten lassen. Der Stein lag aber so angenehm in ihrer Hand, dass sie ihn genauer ansah.

„Ist der wunderschön!", staunte sie. „Und wie er funkelt!"

Plötzlich kam eine große Ruhe über sie. Es schien, als würde ihr der Stein ein kleines bisschen seiner Zeit, die er in sich angesammelt hatte, schenken.

Ilsebill setzte sich auf die Stufen vor ihrem Geschäft und erzählte Hannah, was sie den ganzen Tag über erlebt hatte. Den Stein hielt sie dabei fest in ihrer Hand.

Da kam der Straßenkehrer im Laufschritt um die Ecke. Hannah zog einen zweiten Stein aus ihrer Tasche und hielt ihn dem Straßenkehrer hin.

„Den schenk ich dir", sagte sie. Der Straßenkehrer hörte kaum hin, so beschäftigt war er. Als er aber den Stein in seiner Hand hielt, fiel plötzlich alle Hektik von ihm ab. Er betrachtete das Geschenk, fühlte seine fein geschliffene Oberfläche und freute sich riesig. „Wie der Stein glitzert und glänzt!" Nun fand er die

Zeit, sich ein wenig zu Ilsebill und Hannah auf die Stufen zu setzen und mit seinen Freunden zu plaudern.

Bis zum Abend hatte Hannah jedem einen ihrer Zeitsteine geschenkt. Zufrieden saß sie hoch oben auf dem Fensterbrett ihres Dachfensters. Über die Stadt hatte sich eine tiefe Ruhe gelegt. Da und dort erinnerte ein Funkeln und Glitzern daran, dass die Menschen nun wieder mehr Zeit füreinander hatten. Einen allerletzten Stein hatte sie für sich behalten. Zeit ist nämlich ein kostbarer Schatz, von dem man kaum zu viel besitzen kann.

HUBERT FLATTINGER

Zwei Buchstaben machen einen Unterschied

„Dr. Frank Stein“ stand in altmodisch geschwungenen Schriftzeichen auf dem kleinen Messingschild.

„Ah! So heißt also unser neuer Nachbar“, sagte Papa und unterzog das Namensschildchen, das jemand über Nacht an der Wohnungstür gegenüber angebracht hatte, einer strengen Prüfung.

„Dr. Frank Stein ... Frank Stein ...“, murmelte er vor sich hin und überlegte: „Irgendwie kommt mir dieser Name so bekannt vor. Geht es dir nicht auch so, Elias?“

Ich brauchte nicht erst lange zu überlegen.

„Frank...en...stein!“, sagte ich. „Du musst nur zwei Buchstaben zwischen Vor- und Nachname einfügen, Papa. Zwei Buchstaben mehr und schon hast du *Frankenstein*! Verstehst du? So hieß der Mann, der in seinem unheimlichen Schloss ein schreckliches Monster zum Leben erweckte!“

„Das Monster! Ja, jetzt fällt es mir wieder ein! Die Kreatur aus dem alten Gruselfilm …“, sagte Papa und riss die Augen auf.

„Genau dieses Monster meine ich! Den schrecklichen Gruselheini! Der mit dem riesigen Kopf!“

„Der mit dem riesigen Kopf“, wiederholte Papa und blickte besorgt zur Tür.

„Ja, Papa! Der Kopf der Kreatur ist so groß und schwer, dass sie ihn mit langen Schrauben am Hals befestigen mussten, damit er ihm nicht von den Schultern fällt! Und wenn das Monster den Mund aufmacht, kommt kein richtiger Satz heraus, sondern nur unheimliches Geheule! Und das klingt dann etwa so: Houuuu-houuu-houuu …“

„Pst!“, unterbrach mich Papa und zischte: „Nicht so laut, Elias!“

Dann beugte er sich nah zu mir hin und sagte: „Glaubst du, Dr. Frank Stein hat sein Monster hierher mitgenommen? Das gefiele mir aber gar nicht, wo wir doch direkt gegenüber wohnen … “

Ich überlegte eine Weile und kam zum Schluss: „Ich will hoffen, dass kein Monster hinter dieser Tür wohnt, Papa. Und was Dr. Frank Stein angeht: Wenn *ich* in Wirklichkeit Frankenstein heißen würde und obendrein auch noch ein Monster erschaffen hätte, dann würde ich vielleicht auch zwei Buchstaben auf meinem Namensschild weglassen, wenn ich irgendwo neu einziehen würde. Man weiß ja nicht, was die Nachbarn von einem denken, wenn man mit so einem Gruselnamen durch die Gegend läuft."

„Da sagst es, Elias! Nachbarn sind ja oft ganz schrecklich misstrauische Leute!", gab mir Papa recht. Dann schüttelte er den Kopf und sagte mit zittriger Stimme: „Irgendwie unheimlich das Ganze."

In dem Augenblick hätte es mich nicht gewundert, wenn von irgendwoher schauriges Wolfsgeheul oder das gruselige „Hu-hu" einer Eule durch den Hausflur gehallt hätte. Und ich konnte gut nachfühlen, wie es Hänsel und Gretel damals ergangen war, als sie sich im dunklen Wald verirrt hatten.

Da standen wir also vor der Wohnungstür unseres neuen Nachbarn und begannen uns ein klein wenig zu fürchten. Papa zeigte auf das Namensschild und flüsterte: „Na, wenn das wirklich *der* Frankenstein aus dem Gruselfilm ist, dann brechen jetzt aber schreckliche Zeiten an! Denn womöglich wollte der Doktor sich von seinem Monster nicht trennen und es lauert in dieser Sekunde sogar hinter dieser Tür."

„Meinst du wirklich?", fragte ich. Aber eigentlich wollte ich es gar nicht so genau wissen. Meine Stimme piepste wie die eines kleinen Mäuschens, als ich Papa anflehte: „Komm! Lass uns lieber schnell von hier verschwinden!" Aber Papa legte stattdessen ein Ohr an Dr. Frank Steins Tür. „Mal lauschen, was da

Illustration: Hubert Flattinger

drinnen vor sich geht. Vielleicht verrät ja irgendein Geräusch, was sich in der Gruselbude von Dr. Frankenstein abspielt?“, murmelte er.

Und dann geschah das Schreckliche! Plötzlich öffnete sich die Tür von innen – Papa wäre fast in die fremde Wohnung geplumpst – und da stand er plötzlich leibhaftig vor uns: Dr. Frank Stein, der unheimliche Schöpfer der schrecklichen Kreatur.

„Ich dachte, ich hätte etwas gehört“, sagte der kleine Mann, der ganz anders aussah, als ich mir den Erfinder eines Monsters vorgestellt hatte. Dr. Frank Stein sah in seinen karierten Hausschlapfen sogar ausgesprochen harmlos aus. Er trug eine Brille auf der Nasenspitze und seine buschigen, weißen Augenbrauen hüpften fröhlich auf und ab, als er uns zuzwinkerte. Und man musste zugeben: Eigentlich sah der Mann sogar sehr nett aus. Und das Beste war: Es schien auch keine finstere Kreatur in seiner Wohnung zu hausen. Papa streckte Dr. Frank Stein zur Begrüßung die Hand entgegen und sagte: „Guten Tag! Mein Sohn Elias und ich wollten uns gerade bei Ihnen vorstellen. Wir sind nämlich Ihre Nachbarn und möchten Sie hier recht herzlich willkommen heißen!“

Dr. Frank Stein lächelte erfreut und sagte: „Ach, dann seid ihr also die Trakulas von gegenüber? Als ich gestern Abend meine Koffer in die Wohnung brachte, fiel mir euer Name auf dem Türschild auf. Und irgendwie hat er mich gleich an etwas erinnert. Sagen Sie, gab es da nicht einmal einen Film …?“

Ordnung halte, liebe sie ...

Morgens früh beim Zähneputzen
will die Bürste ich benutzen,
hab sie leider nicht gefunden
... ist wohl über Nacht verschwunden?

Suche sie im Wäschekasten,
kann die Bürste nicht ertasten,
Autsch! Da fällt der Suppentopf
mir von oben auf den Kopf.

Was macht der im Wäscheschrank?
Na egal – denn Gott sei Dank
kann ich wieder Suppe kochen!
Diesen Topf such ich seit Wochen.

Oh! Da kommt mir in den Sinn:
Ist vielleicht noch etwas drin?
Doch anstatt mit Haferflocken
ist er voll mit Stinkesocken!

Ordnung halte, liebe sie!
Das erspart dir Zeit und Müh.

Weil ich jetzt so hungrig bin,
eile ich zum Kühlschrank hin,
möchte mir was Leckeres suchen –
Müsli oder Apfelkuchen!

Doch da klappert's in der Schüssel:
Da ist ja mein Wohnungsschlüssel,
den hatt ich schon fast vergessen!
Doch jetzt will ich was zu essen!

Drum mach ich mir ein Brot mit Käse,
obendrauf noch Mayonnaise.
Doch da merke ich voll Graus:
Da kommt ja Schuhcreme raus!

Rrring! Klingelt da das Telefon.
„Ein Moment! Ich komme schon!
Kann's nur leider grad nicht finden ...“
Schau mal nach, ich glaub, es ist da hinten!

„Guten Tag, sehr angenehm!
Hallo? Kann Sie leider nicht verstehn?
Meier? Müller? Oder Becker?“
He, das ist ja nur der Wecker!

Oh verdammt, ich bin spät dran,
und hab noch den Pyjama an!
Also wieder rauf ins Badezimmer,
da find ich meine Kleider immer!

Hemd und Hose, Jacke, Schal –
fehlt nur noch der Hut – egal!
Geh ich eben ohne Hut!
Doch ohne Schuhe geht's nicht gut!

Illustration: Hubert Flattinger

Wo sind wieder meine Schuhe?
Vielleicht in der großen Truhe!
Nein! Da fällt mir wieder ein:
Die Schuhe müssen hier im Koffer sein!

Schlüpf ich in den rechten Schuh,
dann in den linken – doch nanu?
Dieser Schuh ist mir zu klein!
Es wird wohl etwas drinnen sein.

Dreh ihn um, schüttle ihn aus,
fällt die Zahnbürste heraus!
Keine Zeit, ich muss jetzt los!
Der Mantel, wo ist der denn bloß?

Ach, der Mantel, der ist hier,
diese Ordnung lob ich mir!
Schlüpf hinein – doch was ist das?
In dem Mantel klappert was!

In den Taschen sind Pantoffeln,
Kaffeetasse und Kartoffeln,
und was haben wir denn hier?
Eine Rolle Klopapier!

Oh – das hätt ich fast vergessen:
Die Fische brauchen was zu fressen!
Also wieder rüber zum Aquarium –
was schwimmt den da drin herum?

Ah, die Brille! Hol sie raus,
setz sie auf – oh Schreck, oh Graus!
Schau herum in meinem Haus –
hier sieht's ja entsetzlich aus!

> Ordnung halte, liebe sie!
> Das erspart dir Zeit und Müh.

Werf die Brille wieder rein,
lass die Ordnung Ordnung sein,
lieber etwas unscharf sehn und
unbeschwert durchs Leben gehn!

Kai Aline Hula

Der Mistkäfer zieht um

Eines Tages beschloss der Mistkäfer umzuziehen. Seine Mistkäferfrau hatte kleine weiße Eier gelegt und wenn erst die Mistkäferkinder herumkrabbeln, wäre es viel zu eng im Bau. Gerade war ein Tunnel eingestürzt und die Mistkäferfrau fand, dass es ein idealer Zeitpunkt zum Umziehen war. Sie freute sich auf ein extra Kinderzimmer.

Der Mistkäfer suchte eine Weile nach einem neuen Zuhause und fand schließlich ein nettes Plätzchen nicht zu weit entfernt. Es lag hinter drei schönen Birken direkt neben einer alten Eiche.

Zur Probe grub der Mistkäfer einen kleinen Tunnel in die Erde. Der Boden war weich, aber nicht zu weich. Es gab einen schützenden Baum, aber nicht zu viele Wurzeln. Und Nachbarn waren auch nicht zu sehen. Ja, das war ein guter Platz.

Gerade wollte der Mistkäfer seiner Frau die gute Nachricht überbringen, da hörte er eine Stimme.

„Darf ich fragen, was Sie da tun?“, fragte die Stimme streng. Sie gehörte zu einer Waldmaus, die neben dem Mistkäfer aufgetaucht war.

„Guten Tag“, sagte der Mistkäfer. „Ich suche ein neues Zuhause für mich und meine Familie. Wir würden uns gern hier niederlassen.“

Die Waldmaus musterte den Probetunnel.

„So geht das aber nicht“, sagte sie. „Haben Sie den Umzug überhaupt angemeldet?“

Der Mistkäfer schaute sie verwundert an. „Muss man das denn?“

„Und ob man das muss!“ Die Waldmaus kräuselte ihre Barthaare. „Man kann doch nicht einfach umziehen, ohne das vorher anzumelden. Wo kommen wir denn da hin?“

„Verstehe“, sagte der Mistkäfer. „Und wo melde ich mich an?“

Die Waldmaus zuckte mit ihren großen Ohren. „Da müssen Sie zum Meldeamt. Das Eichhörnchen ist der Direktor.“ Sie warf einen Blick zum Himmel. „Dort werden Sie jetzt aber niemanden mehr finden, es ist ja schon fast Mittag. Am besten gehen Sie morgen. Und graben Sie hier bloß nicht weiter, bis Ihr Umzug angemeldet ist!“

Der Mistkäfer versicherte, das würde er nicht tun. Dann ging er nach Hause. Er hätte seiner Frau gern von dem neuen Platz erzählt. Aber wenn er dort nun gar nicht graben darf? Wenn sich vielleicht jemand anderer bereits angemeldet hat? Es war besser, er behielt seine Pläne erst einmal für sich.

Am nächsten Tag besuchte der Mistkäfer das Eichhörnchen. Es sortierte gerade seine Nüsse für den Winter und sah auf, als es den Mistkäfer bemerkte.

„Ist was?“, fragte es.

„Entschuldigung“, sagte der Mistkäfer. „Ich möchte meinen Umzug anmelden.“

Das Eichhörnchen fegte mit seinem buschigen Schwanz einen Haufen Nüsse in ein Erdloch. „Bauen oder mieten?“, fragte es.

„Bauen“, sagte der Mistkäfer stolz.

Das Eichhörnchen streckte eine Pfote aus, während es mit seinem Schwanz das Loch mit Erde auffüllte. „Ihre Grabegenehmigung, bitte.“

„Genehmigung?“, fragte der Mistkäfer. „Ich dachte, ich muss mich nur anmelden?“

Das Eichhörnchen seufzte. „Für den Bau eines neuen Heims brauchen Sie eine Bau- oder Grabegenehmigung“, leierte es. „In Ihrem Fall geht es wohl ums Graben.“ Es warf dem Mistkäfer einen abschätzigen Blick zu. Der Mistkäfer begann sich unwohl zu fühlen.

„Und wo bekomme ich eine Grabegenehmigung?“

Das Eichhörnchen schüttelte missbilligend den Kopf. „Als ordentlicher Waldbewohner weiß man so etwas doch. Man zieht doch nicht einfach um und bleibt, wo es einem gefällt. Da muss schon alles seine Ordnung haben! Sie sind ja nicht allein im Wald!“

Der Mistkäfer schaute das Eichhörnchen schuldbewusst an. „So weit habe ich noch gar nicht gedacht“, gab er zu.

„Die Grabegenehmigung bekommen Sie beim Dachs“, sagte das Eichhörnchen etwas milder. „Er leitet seit Kurzem den Gruben- und Tunnelaufsichtsrat. Wenn Sie sich beeilen, treffen Sie ihn vielleicht noch an.“

„Vielen Dank“, sagte der Mistkäfer höflich, obwohl er sich ein bisschen ärgerte. Er hatte sich so darauf gefreut, heute schon mit dem neuen Bau zu beginnen. Daraus wurde wohl nichts. Bis morgen musste er jedenfalls warten. Dass das alles so kompliziert sein musste!

Der Dachs wollte seine Höhle gerade verriegeln. Er verzog das Gesicht, als er den Mistkäfer sah. „Mittagspause“, brummte er.

„Verzeihung“, sagte der Mistkäfer. „Es dauert nicht lange. Ich brauche nur eine Grabegenehmigung für einen neuen Bau.“

„Ausnahmsweise.“ Der Dachs zog ein Etui hervor und setzte sich eine Brille auf die gestreifte Nase. „Wenn Sie mir bitte den Grundriss geben.“

Der Mistkäfer blinzelte. „Den Grundriss? Sie meinen von dem neuen Bau?“

„Wovon denn sonst?“ Der Dachs starrte ihn über den Brillenrand an. „Oder wollten sie einfach so drauflos graben?“

Eigentlich schon, wollte der Mistkäfer sagen, aber der Dachs schien schon ungehalten genug.

„Kann ich den Grundriss vielleicht nachbringen?“, fragte der Mistkäfer vorsichtig.

„Ausnahmsweise“, grummelte der Dachs. „Dann lassen Sie einstweilen nur ihren Energieausweis und den Antrag auf Grundbucheintragung hier.“

Illustration: Franz Hoffmann

Der Mistkäfer schluckte. „Den Antrag muss ich erst ausfüllen", sagte er schließlich. „Haben Sie das Grundbuch denn hier? Dann könnten wir es ja auch gleich erledigen, ohne Antrag."

„Also Sie sind mir einer." Der Dachs schüttelte den Kopf. „Als wäre ich für das Grundbuch auch noch zuständig! Dafür müssen Sie zum Fuchs. Der hat allerdings nur frühmorgens geöffnet."

„Danke", sagte der Mistkäfer. Von den vielen Aufträgen brummte ihm der Kopf. Zuhause würde er sich erst einmal hinlegen.

„Ohne Antrag erledigen", hörte er den Dachs noch brummen. „So weit kommt es noch!"

Illustration: Franz Hoffmann

Am nächsten Tag machte sich der Mistkäfer schon im Morgengrauen auf den Weg zum Fuchs. Er wollte die Sache so schnell wie möglich hinter sich bringen.

Der Fuchs lebte in einem Bau neben einem umgestürzten Baum. Bis der Mistkäfer den richtigen Baum fand, musste er zweimal nach dem Weg fragen. Erschöpft erreichte er schließlich den Fuchsbau. Vor dem Eingang standen zwei Wühlmäuse, eine Erdkröte, eine ganze Ameisenkolonie und eine verschlafene Schleiereule.

„Ist das hier die Schlange für die Grundbucheintragung?“, fragte der Mistkäfer.

„Schlange?“ Die Wühlmäuse fuhren herum.

„Nun seien Sie doch etwas rücksichtsvoller!“ Die Erdkröte schüttelte tadelnd den Kopf.

„Verzeihung“, sagte der Mistkäfer und stellte sich hinter die Schleiereule. Und dort stand er, bis die Sonne hoch am Himmel stand.

Der Fuchs holte die Tiere einzeln in seinen Bau. Die Ameisen brauchten am längsten. Dann war die Schleiereule dran. Sie brauchte nur ein paar Augenblicke, dann kam sie mit blitzenden Augen zurück.

„Ich muss zum Flugamt!“, krächzte sie. „Zum Flugamt! Da soll sich noch jemand auskennen!“ Sie breitete ihre Flügel aus und schwang sich in die Luft.

Der Mistkäfer trat zum Fuchsbau. Hinter ihm stand bereits ein Wieselpärchen, das es eilig zu haben schien.

Der Fuchs steckte den Kopf aus dem Bau.

„Wir schließen!", rief er.

Der Mistkäfer blieb stehen. „Sie können doch jetzt nicht schließen", sagte er. „Ich warte hier schon seit Stunden!"

Der Fuchs hielt die Nase in den Wind. „Das sind nun einmal unsere Öffnungszeiten", sagte er. „Ich habe bereits überzogen. Sie müssen morgen eben früher da sein."

Der Mistkäfer fühlte etwas in sich aufsteigen. Etwas Großes, Grimmiges. „Ich werde morgen nicht noch einmal in dieser Schlange warten!", sagte er laut. „Ich brauche nur einen Eintrag ins Grundbuch!"

Der Fuchs krauste seine spitze Schnauze. „Wie reden Sie denn mit mir?", fragte er ärgerlich. „Haben Sie überhaupt eine Grabegenehmigung?"

„NEIN, ICH HABE KEINE GENEHMIGUNG!!", brüllte der Mistkäfer. „Und ich möchte auch keine! Ich möchte nur einen neuen Bau für meine Familie graben, bevor meine Kinder schlüpfen! Und zwar hinter den drei Birken am Fuß der alten Eiche!"

„Na na." Der Fuchs blinzelte. „Regen Sie sich nicht so auf! Graben dürfen Sie auch ohne Grundbucheintrag. Allerdings nicht bei den drei Birken. Sie wissen doch hoffentlich, dass der Bereich dort ein Naturschutzgebiet ist?“

Der Mistkäfer holte tief Luft. „Nein“, sagte er, „das weiß ich nicht. Aber lassen Sie mich raten: Ich brauche einen Antrag, um dort zu graben?“

„Ganz und gar nicht“, sagte der Fuchs. „Sie dürfen dort überhaupt nicht graben.“

Der Mistkäfer sank in sich zusammen.

„Es sei denn“, fuhr der Fuchs fort, „Sie haben eine abgestempelte Sonderbewilligung vom Bären, der die Waldnaturschutzbehörde vertritt. Haben Sie eine?“

Der Mistkäfer setzte an, um etwas zu sagen, aber dann überlegte er es sich anders. Er drehte sich um, ließ den Fuchs stehen und ging nach Hause zu seiner Frau.

„Schatz“, sagte er, als er angekommen war, „wir können nicht umziehen.“

„Aber wieso denn nicht?“, rief die Mistkäferfrau. „Ich habe mich so auf ein extra Kinderzimmer gefreut!“

„Das weiß ich“, sagte der Mistkäfer. „Aber ich werde verrückt, wenn wir umziehen. Es gibt zu viele Regeln und überall sagt man mir etwas anderes. Wenn ich noch einmal das Wort ‚Antrag‘ höre, buddle ich mich ein und komme nicht mehr heraus, bis die Kinder auf der Welt sind.“

Die Mistkäferfrau legte ihrem Mann einen Fühler auf den Schulterpanzer.

„Ach was“, sagte sie. „So schlimm wird es schon nicht sein. Schlaf eine Nacht darüber.“

Das tat der Mistkäfer und am nächsten Tag fühlte er sich tatsächlich besser. Er machte sich früh auf den Weg zum Bären.

Die Bärenhöhle lag am Waldrand neben einer Hecke. Vom Bären war weit und breit nichts zu sehen. Dafür lag die Bärin vor der Höhle. Neben ihr balgten sich zwei Bärenkinder.

„Entschuldigen Sie bitte“, sagte der Mistkäfer. „Ich müsste dringend mit dem Bären sprechen.“

Die Bärin schaute verdutzt auf den winzigen Käfer vor ihr. „Mein Mann ist auf einem Umweltkongress im Nachbarwald“, erwiderte sie. „Vor nächster Woche wird er nicht zurück sein.“

Der Mistkäfer stützte seinen Kopf in die Vorderzangen. Da gingen sie hin, seine schönen Pläne.

„Sind Sie vielleicht der neue Naturschutzbeauftragte?“, fragte die Bärin hoffnungsvoll. „Das wurde aber auch Zeit!“

„Naturschutzbeauftragte?“ Der Mistkäfer zögerte. „Also eigentlich –“

„Wunderbar!“, rief die Bärin. „Dann sind Sie sicher wegen Ihrer Dienstwohnung hier!“

„Nun ja“, setzte der Mistkäfer an.

„Das ist mir jetzt wirklich peinlich“, sagte die Bärin, „aber es gibt noch keine Dienstwohnung. Wir wussten ja nicht, wer geschickt wird. Bis jetzt haben wir nur den Baugrund reserviert. Aber der ist wirklich sehr schön!“

„Ich weiß wirklich nicht“, begann der Mistkäfer, aber die Bärin unterbrach ihn.

„Schauen Sie ihn sich wenigstens einmal an! Das Areal ‚Drei Birken‘ ist das schönste in der Gegend! Sie werden sehen, es ist auch gar nicht viel Arbeit.“

Der Mistkäfer räusperte sich. „Also wenn das so ist“, sagte er, „kann ich es mir ja einmal ansehen.“

Illustration: Franz Hoffmann

„Großartig!“, rief die Bärin. „Ich richte meinem Mann aus, dass Sie hier waren.“

Und so kam es, dass der Mistkäfer zum Naturschutzbeauftragten wurde. Am Heimweg machte er einen großen Umweg um den Fuchsbau, den Eichhörnchenkobel und die Dachshöhle. Mit dem Graben des Kinderzimmers würde er bis morgen warten. Jetzt hatte er erst einmal eine Pause verdient.

HUBERT FLATTINGER

Dorotheas Geschichte

Schon seit zig Jahren war Dorothea keiner Geschichte mehr begegnet. Keiner nennenswerten jedenfalls. Die wenigen, die ihr meist zufällig über den Weg gelaufen waren, waren verschreckte, dünne, arme Geschichtchen gewesen. Dorothea hatte sie im Einkaufsmarkt oder sonst wo so im Vorübergehen aufgeschnappt und auch gleich wieder frei gelassen. Solche Geschichten vergisst man schnell.

Früher war das anders gewesen, erinnerte sich Dorothea. Da hatte sie Geschichten gehört, die groß und schön waren! Lustige und traurige Geschichten! Und am liebsten mochte sie die Geschichten, die lustig und traurig zugleich waren. Aber solche Geschichten waren selten.

Dorothea schnitt etwas vom Schnittlauch im Garten ab und wollte gerade ins Haus zurückgehen, als sie – mehr aus den Augenwinkeln heraus – drüben hinter dem Schuppen eine Bewegung wahrnahm. Ja, zwischen dem Heckenrosenstrauch und dem alten Fahrradgestänge hatte sich etwas bewegt. Und was immer es auch gewesen sein mochte, für diesen Bruchteil einer Sekunde hatte es wie eine ... ja, tatsächlich, wie eine Geschichte ausgesehen! Eine Geschichte, mindestens fünftausend Wörter schwer und dabei doch so zart wie ein Gedicht, hoffte Dorothea und schlich sich langsam an den Schuppen heran. Vorsichtig setzte sie Fuß vor Fuß, um kein unnötig lautes Geräusch zu machen. Sie wollte ganz behutsam vorgehen. Die Geschichte, sollte es sich wirklich um eine handeln, nicht unnötig verschrecken. Vorsichtig bog Dorothea die Äste des Heckenrosenstrauchs nach hinten und da war sie: eine Geschichte so schön und groß, wie sich Dorothea nie hätte träumen lassen!

Eine ganze Weile stand sie da und sagte kein Wort. „Pst!", machte Dorothea schließlich und deutete auf das Haus. Die Geschichte zögerte noch etwas. Den Platz zwischen den duftenden Blüten der Heckenrose schien sie nur ungern aufzugeben. Aber dann schien ihr das kleine Mädchen, das da mit großen Augen vor ihr stand, leid zu tun und sie ließ sich von ihr an der Hand ins Haus führen.

Keiner weiß, was aus dieser Geschichte wurde, denn Dorothea hat sie für sich behalten.

Isabella und
Franziska Kindler

Ein Abecedarium des Lesens

Von einer Pädagogin:

A Aktives Einbeziehen der Kinder beim Vorlesen durch dialogische Vorlesegespräche ist besonders wichtig und kommunikativ. Sprache ist der Schlüssel zur Welt.

B Bilderbücher öffnen Fenster und Türen in die Welt. Sie sind die ersten Bücher, die Kinder entdecken und lieben lernen.

C Chance des Vorlesens besteht darin, dass sich die natürliche Neugier der Kinder auf Bücher in ein vertieftes Interesse an Büchern wandelt.

D Dichte Atmosphäre und Nähe entstehen beim gemeinsamen Betrachten von Büchern und Bildern.

E Entdeckung und Entschlüsselung der Schrift ist ein sehr bedeutsamer Meilenstein in der Entwicklung des Kindes.

F Frühe Sacherfahrungen ermöglichen es Kindern, ihr Wissen mit Hilfe von Sachbüchern zu vertiefen und ein Spezialgebiet zu erlernen. Dadurch entwickeln Kinder ein gutes Selbstkonzept, das ihrer Identitätsfindung dient.

G Gedichte sind ein geheimer Schatz und öffnen den Kindern die Welt der Poesie. Grundschulkinder brauchen Gedichte. Viele Mädchen und Buben mögen sie und deren poetische Sprache sehr. Sie lassen sich von den Gefühlen verzaubern.

H Hörbücher und Hörspiele ermöglichen es den Kindern gute Kinderliteratur aufmerksam zu hören und innere Bilder entstehen zu lassen. Sie lernen lesen mit den Ohren!

I Interesse an Buchstaben entwickeln Kinder schon früh. Schnell kommen sie hinter deren Geheimnisse und entdecken von sich aus die Verbindung zwischen Laut und Buchstaben.

J Ja, lesen ist cool und wichtig, weil es für das Leben bedeutsam ist. Je öfter, desto besser!

K Kinder können mit Hilfe von Büchern die große, weite Welt erobern und viele spannende Abenteuer im Kopf erleben.

L Literacy umfasst nicht nur die Lese- und Schreibkompetenz, sondern auch die Erzählkultur. Sie bezeichnet die Vertrautheit mit der Schriftsprache in literarischen Texten.

M Märchen sind wunderbare, magische Geschichten, die Kinder und auch Erwachsene faszinieren, denn sie „leben“ noch heute. Da ist eine Maus und wer sie fängt, kann sich eine ... daraus machen!

N Nähe und Zuwendung eines Erwachsenen beim gemeinsamen Lesen und Betrachten der Bilder als tägliches Ritual von Eltern und Kindern.

O Ohne ein Buch, ob online, digital oder analog, gehe ich niemals ins Bett!

P Positive Vorerfahrungen sind für die weitere Leseentwicklung von großer Bedeutung.

Q Querleser und Querdenker denken und lesen ... quer.

R Ronja Räubertochter, Räuber Hotzenplotz, Pippi Langstrumpf, Karlsson vom Dach, die kleine Hexe oder Emil Tischbein sind prägende literarische Figuren, die uns sogar bis ins Erwachsenenalter begleiten.

S So schön schaurig und spannend können gruselige Geschichten sein.

T Traum- und Leseecken sind attraktive und gemütlich gestaltete Orte, die zum Verweilen und zum Schmökern einladen. Hier können sich Kinder eigenständig auf eine Buchentdeckungsreise begeben.

U Unsinnige Gedichte und Geschichten begeistern alle Kinder. Diese spielen mit Sprache, sind Sprachkünstler und werden selbst zu kleinen Dichtern.

V Vorlesen ist einer der wichtigsten Anreize zum eigenständigen Lesen und macht neugierig auf das Lesenlernen.

W Welt der Literatur erkunden und mit allen Sinnen erobern.

X X für ein U vormachen (siehe U wie Unsinn)

Y Y – die große Unbekannte (nicht nur in der Mathematik)

Z Zauber der ersten Bücher bereitet den Kindern fantastische, magische Lesestunden in ihrer Kinderbibliothek.

Von einer Schülerin:

A Assoziationen im Kopf
B Bücherwahn ist angenehm
C Choreographie der Autorin
D (Lesens-)Durst ist leicht zu stillen
E Ende, ob glücklich oder nicht
F Fakten der Quelle
G Ganz gelesen?
H Hingabe der Leserin und der Autorin
I Interesse beim Lesen ist nicht leicht vorzutäuschen
J Jugendbücher, gibt es die noch?
K Kapitel können abschrecken oder anlocken
L Lesenlernen mit den Ohren
M Melancholische Gedanken
N Nicht aufhören können!
O Ortswechsel von hier ins Buch
P Passieren der Zeiten kann so einfach sein
Q Quelle des Lesens liegt in den Büchern
R Rustikaler Schreibstil
S Stimme verstellen
T Träume werden wahr
U Ungeheuer auch
V Verschlingen der Büchermassen
W Wörter bringen dich woanders hin
X X-faches oder x-beliebiges Lesevergnügen
Y Yes, we love reading!
Z Zuneigung kann sich auch auf Papier beziehen

TEAM TIROLER VORLESETAG

Vorlesen für Groß und Klein – einen ganzen Tag lang!

Was gibt es Schöneres, als spannende Geschichten zusammen zu lesen? Gemeinsames Lesen verbindet und schafft unvergessliche Erinnerungen. Außerdem: Kinder werden nicht als Leserinnen und Leser geboren, sondern brauchen Anregungen, Ermutigung und Vorbilder. Das Vorlesen hat auch einen tollen Nebeneffekt, denn es fördert die Lesekompetenz. Und gerade hier hat Österreich einiges aufzuholen. Laut Pisa-Studie weisen Schüler und Schülerinnen nämlich gravierende Leseschwächen auf. Aus diesem Grund dreht sich beim „Tiroler Vorlesetag" alles um das Thema Vorlesen – und das überall: In Kindergärten, Schulen, Büchereien, Altenheimen und sozialen Einrichtungen lesen Prominente ihrem Publikum vor. Diese Aktion verwandelt Tirol in eine große Vorlesebühne. Begleitend zu dieser wichtigen Aktion, erscheint diese Tiroler Vorleseanthologie. Der erste Band enthält Texte für Kinder bis 5 Jahre, dieser nun für Kinder zwischen 6 und 9 Jahren. Weitere Bände des Tiroler Vorlesebuchs für alle Altersstufen sollen folgen.

Quellenangaben

Frau Wolle: „Der Königssohn und die geheimnisvolle Katze", in: Frau Wolle (Text) und Irmingard Jeserick (Illustration), Tiroler Märchen, Innsbruck: Verlagsanstalt Tyrolia 2007, 28–32

Sarah Michaela Orlovský: „Ich bin nicht ich", in: Sarah Michaela Orlovský (Text) und Nadine Kappacher (Illustration), Geschichten von Jana, Innsbruck: Verlagsanstalt Tyrolia 2015, 72–75

RatzFatz: „Die Tante Hermine", in: Frajo Köhle & Hermann Riffeser (Liedtexte und Musik) und Hubert Flattinger (Illustrationen), Schrammljatz oder die wundersame Reise der Tante Hermine (Audio-CD), Telfs: Kukuruzrecords 2010/16, https://www.ratzfatz.at/

Christine Rettl: „Die Trauerweide und die Amsel", in: Christine Rettl (Text) und Monika Laimgruber (Illustration), Ein Rucksack voll Gespenster, Innsbruck: Obelisk Verlag 2008, 82–104

Renate Welsh: „Der kleine Elefant und der Mond", in: Renate Welsh (Text) und Chris Welsh (Illustration), Schnirkel Schneckenkind – Tierfabeln, Innsbruck: Obelisk Verlag 2017, 50–56

Käthe Recheis: „Der Geist, der so gern tanzte", in: Käthe Recheis (Text) und Veronica Bilotta (Illustration), Der Geist, der so gern tanzte, Innsbruck: Obelisk Verlag 2011, 35–39

Hubert Flattinger (Text): „Serafina, das Wunderkind, oder Kabuddel-Kabimm"

Brigitte Weninger: „Der Geisterschmied und die Zwerge", in: Brigitte Weninger (Text) und Jakob Kirchmayr (Illustration), Tiroler Sagen, Innsbruck: Verlagsanstalt Tyrolia 2012, 145–148

Brigitte Weninger: „Frau Hitt", in: Brigitte Weninger (Text) und Jakob Kirchmayr (Illustration), Tiroler Sagen, Innsbruck: Verlagsanstalt Tyrolia 2012, 13–15

Brigitte Weninger: „Die Riesen Haymon und Thyrsus", in: Brigitte Weninger (Text) und Jakob Kirchmayr (Illustration), Tiroler Sagen, Innsbruck: Verlagsanstalt Tyrolia 2012, 15–18

Brigitte Weninger: „Das Gold im Zireiner See", in: Brigitte Weninger (Text) und Jakob Kirchmayr (Illustration), Tiroler Sagen, Innsbruck: Verlagsanstalt Tyrolia 2012, 127–129

Brigitte Weninger: „Der Tauernriese und der Bär", in: Brigitte Weninger (Text) und Jakob Kirchmayr (Illustration), Tiroler Sagen, Innsbruck: Verlagsanstalt Tyrolia 2012, 211–213

Heinz Janisch: „Der rostige Ritter, die Prinzessin und der Frosch", in: Heinz Janisch (Text) und Vanessa Karré (Illustration), Der blaue Bernhardiner, Innsbruck: Obelisk Verlag 2012, 17–32

Waltraud Egitz (Text): „Hannah Hexenmädchen“

Hubert Flattinger (Text & Illustration): „Zwei Buchstaben machen einen Unterschied“

RatzFatz: „Ordnung halte, liebe sie …“, in: Frajo Köhle & Hermann Riffeser (Liedtexte und Musik) und Hubert Flattinger (Illustration), G'sang und G'schwatz (Audio-CD), Telfs: Kukuruzrecords 2006/2015, https://www.ratzfatz.at/

Kai Aline Hula (Text): „Der Mistkäfer zieht um“, in: Erich Weidinger (Hrsg.) und Franz Hoffmann (Illustration), Geschichten von großen und kleinen Tieren, Innsbruck: Obelisk Verlag 2015, 84–97

Hubert Flattinger (Text): „Dorotheas Geschichte“

Tiroler Vorlesebuch
Für Kinder bis 5 Jahre
144 Seiten, Flexocover
€ 14.90
ISBN 978-3-7099-3412-8

Ein Vorlesebuch zum Staunen, Träumen, Lachen!

- 20 kunterbunte, kurze und längere Geschichten
- ein Lesespaß für Groß & Klein
- viele Tipps & Tricks für eine gelungene Vorleseatmosphäre
- mit Texten von Hubert Flattinger, Sarah Michaela Orlovský, Käthe Recheis, Renate Welsh, Brigitte Weninger u. v. m.

www.haymonverlag.at